面對群山而朗誦

森子 著

森子詩選

朝向漢語的邊陲

楊小濱

　　中國當代詩的發展可以看作是朝向漢語每一處邊界的勇猛推進，而它的起源也可以追溯出頗為複雜的線索。1960年代中後期張鶴慈（北京，1943-）和陳建華（上海，1948-）等人的詩作已經在相當程度上改變了主流詩歌的修辭樣式。如果說張鶴慈還帶有浪漫主義的餘韻，陳建華的詩受到波德萊爾的啟發，可以說是當代詩中最早出現的現代主義作品，但這些作品的閱讀範圍當時只在極小的朋友圈子內，直到1990年代才廣為流傳。1970年代初的北京，出現了更具衝擊力的當代詩寫作：根子（1951-）以極端的現代主義姿態面對一個幻滅而絕望的世界，而多多（1951-）詩中對時代的觀察和體驗也遠遠超越了同時代詩人的視野，成為中國當代詩史上的靈魂人物。

　　對我來說，當代詩的概念，大致可以理解為對以北島（1949-）和舒婷（1952-）等人為代表的朦朧詩的銜接，其轉化與蛻變的意味值得關注。朦朧詩的出現，從某種意義上可以看作官方以招安的形式收編民間詩人的一次努力。根子、多多和芒克（1951-）的寫作自始未被認可為朦朧詩的經典，既然連出現在《詩刊》的可能都沒有，也就甚至未曾享受遭到批判的待遇，直到1980年代中後期才漸漸浮出地表。我們應該可以說，多多等人的文化詩學意義，是屬於後朦朧時代的。才華出

眾的朦朧詩人顧城在1989年六四事件後寫出了偏離朦朧詩美學的《鬼進城》等傑作，不久卻以殺妻自盡的方式寫下了慘痛的人生詩篇。除了揮霍詩才的芒克之外，嚴力（1954-）自始至終就顯示出與朦朧詩主潮相異的機智旨趣和宇宙視野；而同為朦朧詩人的楊煉（1955-），在1980年代中期即創作了《諾日朗》這樣的經典作品，以各種組詩、長詩重新跨入傳統文化，由於從朦朧詩中率先奮勇突圍，日漸成為朦朧詩群體中成就最為卓著的詩人。同樣成功突圍的是游移在朦朧詩邊緣的王小妮（1955-），她從1980年代後期開始以尖銳直白的詩句來書寫個人對世界的奇妙感知，成為當代女性詩人中最突出的代表。如果說在1970年代末到1980年代初，朦朧詩仍然帶有強烈的烏托邦理念與相當程度的宏大抒情風格，從1980年代中後期開始，朦朧詩人們的寫作發生了巨大的轉化。

　　這個轉化當然也體現在後朦朧詩人身上。翟永明（1955-）被公認為後朦朧時代湧現的最優秀的女詩人，早期作品受到自白派影響，挖掘女性意識中的黑暗真實，爾後也融入了古典傳統等多方面的因素，形成了開闊、成熟的寫作風格。在1980年代中，翟永明與鐘鳴（1953-）、柏樺（1956-）、歐陽江河（1956-）、張棗（1962-2010）被稱為「四川五君」，個個都是後朦朧時代的寫作高手。柏樺早期的詩既帶有近乎神經質的青春敏感，又不乏古典的鮮明意象，極大地開闢了漢語詩的表現力。在拓展古典詩學趣味上，張棗最初是柏樺的同行者，爾後日漸走向更極端的探索，為漢語實踐了非凡的可能性。在「四川五君」中，鐘鳴深具哲人的氣度，用史詩和寓言有力地

書寫了當代歷史與現實。歐陽江河的寫作從一開始就將感性與理性出色地結合在一起，將現實歷史的關懷與悖論式的超驗視野結合在一起，抵達了恢宏與思辨的驚險高度。

　　後朦朧詩時代起源於1980年代中期，一群自我命名為「第三代」的詩人在四川崛起，標誌著中國當代詩進入了一個新階段，1980年代最有影響的詩歌流派，產自四川的佔了絕大多數。除了「四川五君」以外，四川還為1980年代中國詩壇貢獻了「非非」、「莽漢」、「整體主義」等詩歌群體（流派和詩刊）。如周倫佑（1952-）、楊黎（1962-）、何小竹（1963-）、吉木狼格（1963-）等在非非主義的「反文化」旗幟下各自發展了極具個性的詩風，將詩歌寫作推向更為廣闊的文化批判領域。其中楊黎日後又倡導觀念大於文字的「廢話詩」，成為當代中國先鋒詩壇的異數。而周倫佑從1980年代的解構式寫作到1990年代後的批判性紅色寫作，始終是先鋒詩歌的領頭羊，也幾乎是中國詩壇裡後現代主義的唯一倡導者。莽漢的萬夏（1962-）、胡冬（1962-）、李亞偉（1963-）、馬松（1963-）等無一不是天賦卓絕的詩歌天才，從寫作語言的意義上給當代中國詩壇提供了至為燦爛的景觀。其中萬夏與馬松醉心於詩意的生活，作品惜墨如金但以一當百；李亞偉則曾被譽為當代李白，文字瀟灑如行雲流水，在古往今來的遐想中妙筆生花，充滿了後現代的喜劇精神；胡冬1980年代末旅居國外後詩風更為逼仄險峻，為漢語詩的表達開拓出難以企及的遙遠疆域。以石光華（1958-）為首的整體主義還貢獻了才華橫溢的宋煒（1964-）及其胞兄宋渠（1963-），將古風與現代主義風尚

奇妙地糅合在一起。

　　毫不誇張地說，川籍（包括重慶）詩人在1980年代以來的中國詩壇佔據了半壁江山。在流派之外，優秀而獨立的詩人也從來沒有停止過開拓性的寫作。1980年代中後期，廖亦武（1958- ）那些囈語加咆哮的長詩是美國垮掉派在中國的政治化變種，意在書寫國族歷史的寓言。蕭開愚（1960- ）從1980年代中期起就開始創立自己沉鬱而又突兀的特異風格，以罕見的奇詭與艱澀來切入社會現實，始終走在中國當代詩的最前列。顯然，蕭開愚入選為2007年《南都週刊》評選的「新詩90年十大詩人」中唯一健在的後朦朧詩人，並不是偶然的。孫文波（1956- ）則是1980年代開始寫作而在1990年代成果斐然的詩人，也是1990年代中期開始普遍的敘事化潮流中最為突出的詩人之一，將社會關懷融入到一種高度個人化的觀察與書寫中。還有1990年代的唐丹鴻（1965- ），代表了女性詩人內心奇異的機器、武器及疼痛的肉體；而啞石（1966- ）是1990年代末以來崛起的四川詩人，以重新組合的傳統修辭給當代漢語詩帶來了跌宕起伏的特有聲音。

　　1980年代的上海，出現了集結在詩刊《海上》、《大陸》下發表作品的「海上詩群」，包括以孟浪（1961- ）、郁郁（1961- ）、劉漫流（1962- ）、默默（1964- ）、京不特（1965- ）等為主要骨幹的以倡導美學顛覆性及介入性寫作風格的群體，和以陳東東（1961- ）、王寅（1962- ）、陸憶敏（1962- ）等為代表的較具學院派知性及純詩風格的群體，從不同的方向為當代漢語詩提供了精萃的文本。幾乎同時創立的

「撒嬌派」，主要成員有京不特、默默、孟浪等，致力於透過反諷和遊戲來消解主流話語的語言實驗，也頗具影響。無論從政治還是美學的意義上來看，孟浪的詩始終衝鋒在詩歌先鋒的最前沿，他發明了一種荒誕主義的戰鬥語調，有力地揭示了歷史喜劇的激情與狂想，在政治美學的方向上具有典範性意義。而陳東東的詩在1980年代深受超現實主義影響，到了1990年代之後則更開闊地納入了對歷史與社會的寓言式觀察，將耽美的幻想與險峻的現實嵌合在一起，鋪陳出一種新的夢境詩學。1980年代的上海還貢獻了以宋琳（1959-）等人為代表的城市詩，而宋琳在1990年代出國後更深入了內心的奇妙圖景，也始終保持著超拔的精神向度。1990年代後上海崛起的詩人中最引人注目的是復旦大學畢業後定居上海的韓博（黑龍江，1971-），他近年來的詩歌寫作奇妙地嫁接了古漢語的突兀與（後）現代漢語的自由，對漢語的表現力作了令人震驚的開拓。還有行事低調但詩藝精到的女詩人丁麗英（1966-），在枯澀與奇崛之間書寫了幻覺般的日常生活。

與上海鄰近的江南（特別是蘇杭）地區也出產了諸多才子型的詩人，如1980年代就開始活躍的蘇州詩人車前子（1963-）和1990年代之後形成獨特聲音的杭州詩人潘維（1964-）。車前子從早期的清麗風格轉化為最無畏和超前的語言實驗，而潘維則以現代主義的語言方式奇妙地改換了江南式婉約，其獨特的風格在以豪放為主要特質的中國當代詩壇幾乎是獨放異彩。而以明朗清新見長的蔡天新（1963-）雖身居杭州但足跡遍布五洲四海，詩意也帶有明顯的地中海風格。影響甚廣的于堅

（1954-）、韓東（1961-）和呂德安（1960-）曾都屬於1980年代以南京為中心的他們文學社，以各自的方式有力地推動了口語化與（反）抒情性的發展。

朦朧詩的最初源頭，中國最早的文學民刊《今天》雜誌，1970年代末在北京創刊，1980年代初被禁。「今天派」的主將們，幾乎都是土生土長的北京詩人。而1980年代中期以降，出自北京大學的詩人佔據了北京詩壇的主要地位。其中，1989年臥軌自盡的海子（1964-1989）可能是最為人所知的，海子的短詩尖銳、過敏，與其宏大抒情的長詩形成了鮮明對比。海子的北大同學和密友西川（1963-）則在1990年後日漸擺脫了早期的優美歌唱，躍入一種大規模反抒情的演說風格，帶來了某種大氣象。臧棣（1964-）從1990年代開始一直到新世紀不僅是北大詩歌的靈魂人物，也是中國當代詩極具創造力的頂尖詩人，推動了中國當代詩在第三代詩之後產生質的飛躍。臧棣的詩為漢語貢獻了至為精妙的陳述語式，以貌似知性的聲音扎進了感性的肺腑。出自北大的重要詩人還包括清平（1964-）、西渡（1967-）、周瓚（1968-）、姜濤（1970-）、席亞兵（1971-）、冷霜（1973-）、胡續冬（1974-）、陳均（1974-）、王敖（1976-）等。其中姜濤的詩示範了表面的「學院派」風格能夠抵達的反諷的精微，而胡續冬的詩則富於更顯見的誇張、調笑或情色意味，二人都將1990年代以來的敘事因素推向了另一個高度。胡續冬來自重慶（自然染上了川籍的特色），時有將喜劇化的方言土語（以及時興的網路語言或亞文化語言）混入詩歌語彙。也是來自重慶的詩人蔣浩

（1971-）在詩中召喚出語言的化境，將現實經驗與超現實圖景溶於一爐，標誌著當代詩所攀援的新的巔峰。同樣現居北京，來自內蒙古的秦曉宇（1974-），也是本世紀以來湧現的優秀詩人，詩作具有一種鑽石般精妙與凝練的罕見品質。原籍天津的馬驊（1972-2004）和原籍四川的馬雁（1979-2010），兩位幾乎在同齡時英年早逝的天才，恰好曾是北大在線新青年論壇的同事和好友。馬驊的晚期詩作抵達了世俗生活的純淨悠遠，在可知與不可知之間獲得了逍遙；而馬雁始終捕捉著個體對於世界的敏銳感知，並把這種感知轉化為表面上疏淡的述說。

　　當今活躍的「60後」和「70後」詩人還包括現居北京的莫非（1960-）、殷龍龍（1962-）、樹才（1965-）、藍藍（1967-）、侯馬（1967-）、周瑟瑟（1968-）、朱朱（1969）、安琪（1969-）、王艾（1971-）、成嬰（1971-）、呂約（1972-）、朵漁（1973-），河南的森子（1962-）、魔頭貝貝（1973-），黑龍江的潘洗塵（1964-）、桑克（1967-），山東的宇向（1970-）孫磊（1971-）夫婦和軒轅軾軻（1971-），安徽的余怒（1966-）和陳先發（1967-），江蘇的黃梵（1963-）、楊鍵（1967），浙江的池凌雲（1966-）、泉子（1973-），廣東的黃禮孩（1971-），海南的李少君（1967-），現居美國的明迪（1963-）等。森子的詩以極為寬闊的想像跨度來觀察和創造與眾不同的現實圖景，而桑克則將世界的每一個瞬間化為自我的冷峻冥想。同為抒情詩人，女詩人藍藍通過愛與疼痛之間的撕扯來體驗精神超越，王艾則一次又一次排練了戲劇的幻景，並奔波於表演與旁觀之間，而樹才

的詩從法國詩歌傳統中找到一種抒情化的抽象意味。較為獨特的是軒轅軾軻，常常通過排比的氣勢與錯位的慣性展開一種喜劇化、狂歡化的解構式語言。而這個名單似乎還可以無限延長下去。

　　1989年的歷史事件曾給中國詩壇帶來相當程度的衝擊。在此後的一段時期內，一大批詩人（主要是四川詩人，也有上海等地的詩人）由於政治原因而入獄或遭到各種方式的囚禁，還有一大批詩人流亡或旅居國外。1990年代的詩歌不再以青春的反叛激情為表徵，抒情性中大量融入了敘述感，邁入了更加成熟的「中年寫作」。從1980年代湧現的蕭開愚、歐陽江河、陳東東、孫文波、西川等到1990年代崛起的臧棣、森子、桑克等可以視為這一時期的代表。1990年代以來，儘管也有某些「流派」問世，但「第三代詩」時期熱衷於拉幫結夥的激情已經消退。更多的詩人致力於個體的獨立寫作，儘管無法命名或標籤，卻成就斐然。1990年代末的「知識分子寫作」與「民間寫作」的論戰雖然聲勢浩大，卻因為糾纏於眾多虛假命題而未能激發出應有的文化衝擊力。2000年以來，儘管詩人們有不同的寫作趨向，但森嚴的陣營壁壘漸漸消失。即使是「知識分子寫作」的代表詩人，其實也在很大程度上以「民間寫作」所崇尚的日常口語作為詩意言說的起點。從今天來看，1960年代出生的「60後」詩人人數最為眾多，儼然佔據了當今中國詩壇的中堅地位，而1970年代出生的「70後」詩人，如上文提到的韓博、蔣浩等，在對於漢語可能性的拓展上，也為當代詩作出了不凡的探索和貢獻。近年來，越來越多的「80後詩人」在前人

開闢的道路盡頭或途徑之外另闢蹊徑，也日漸成長為當代詩壇的重要力量。

　　中國當代詩人的寫作將漢語不斷推向極端和極致，以各異的嗓音發出了有關現實世界與經驗主體的精彩言說，讓我們聽到了千姿萬態、錯落有致的精神獨唱。作為叢書，《中國當代詩典》力圖呈現最精萃的中國當代詩人及其作品。第二輯在第一輯的基礎上收入了15位當代具有相當影響及在詩藝上有所開拓的詩人。由於1960年代出生的詩人在中國當代詩壇佔據的絕對多數，第二輯把較多的篇幅留給了這個世代。在選擇標準上，有多方面的具體考慮：首先是盡量收入尚未在台灣出過詩集的詩人。當然，在這15位詩人中，也有少數出過詩集，但仍有令人興奮的新作可以期待產生相當影響的。即便如此，第二輯仍割捨了多位本來應當入選的傑出詩人，留待日後推出。願《中國當代詩典》中傳來的特異聲音為台灣當代詩壇帶來新的快感或痛感。

目次

第三輯 2001-2005

第四輯 | 2006-2010

第
五
輯 | 2011-2014

第一輯

1989-1995

布穀鳥途經一座城市

播種的神翼途經一座城市
她叫喊：「布穀，布穀，布穀。」
在黑玉米穗上
穿過巨大的煙囪區

這時，我鐵青的臉埋入
一本書頁，懷念那場過山的小雨
布穀的歌聲翻捲樹葉，翻捲
瓦棱上的草，樓下
行人抽長的脖頸像一穗穗
青楞楞的玉米和穀子
晃動在爆裂的石板上

沿著雨水沖刷的河床，我尋找
神的蹤跡。樹木潮濕的靈魂
翻過城市的高牆和屋脊
有一個小男孩在叫
「布穀──布穀──布穀。」
在灰色的街面上飛行

1989.5

雪後

有種生活高貴而不可近

距離的溫暖

將我們擊退

那些落雪的日子，清白的日子

心情似初開的江水

漫過一冬的渴望

當第一隻候鳥返還舊巢

一些人開始到山頂生活

我獨自坐在家中

剛拆除的火爐的地方

分明看見它灰白的翅膀

關於春天，它沒說一句話

屋子裡到處是塵土和草

角落中的蛛網也亟待修補

特別是南風一颳

便有星星點點的花瓣飄進來

這是雪後的第三天或第五天

我只是忙手裡的活兒

並不抬頭望雲

灰色的鳥站在想像的盡頭
像個井邊打水的孩子
看見水中幽明的景象

1989

一代人

小時候，能看見很高很粗的煙囪
就是幸福。
那些蒸煮太陽的歲月，
勃起的煙柱，射精的公社的馬，
反復踩踏我們的耳鼓。
作為高大全下破土的一代，
一塊紅磚就是立場，
墊高我們的階級覺悟。

當我們坐進土坯教室，
面部緊張，小腿活潑，
懵懂書本上的一切，我們才知道，
煙囪對天空所說的全是屁話，
但幸福感猶在，
慶幸我們沒有成為一代暴徒。

1990.4

12月白色的組歌

一

鐵鏽般的空氣，固執的樹杈，
陽臺堆積酒瓶、紙箱、舊家具。
木頭已朽多日，占據可能的角落，
老鼠「吱吱」的叫聲白天也可以聽到。

忍冬不忍這樣的沉寂，
冬天太暖，人們放鬆警惕。
女兒數著下落的樹葉，
從陽臺到地面，飛翔的高度有九尺。

她的視線不可能洞穿前面的樓層，
天真的眼神尋找另一個對稱的母親或孩子。
而我的視力遠遠不及想像，
我知道山頂的溫度，似一塊燒焦後的岩石。

二

習慣睡覺的人對死亡也習慣，
死亡習慣在冬天大擺酒宴。

樹的行列預示一年的終結，
新的一年在流行色的預測中

將呈現白色。中庸的白色，儒家的白色，
易於抹殺，修成正果。
一滴無名的淚使一匹布驚駭，
一滴黑色凝固的血在馬路上說明不了什麼？

一個遺失了主題的下午，
同時也忽略了細節。汽車沒有狗的鼻子，
它習慣了以更大的聲音「汪汪」亂叫，
罩住那弱小、清晰的一個⋯⋯

三

冬天不老，番茄、橘子、蘋果，
街面上誘惑人的記憶。
孤寂的老者，火爐裡閃現的各種念頭，
殘留的灰燼同樣復原事物的原貌。

樹木脫得精光，赤條條扎人的眼，
它們在寒冷中沐浴，用雪、風的刀片擦身子。
泥土不再有騰飛的願望，
在故鄉流亡的人沒有故鄉。

每一天，新面孔套舊面孔，如果面孔像樹皮可以替換，
我會驚訝時間的手術師和樹的反作用力。
在自然界偉大的背離中，
我展覽棉衣、褲子、皮靴和手套。

四

光禿禿的馬路，我等你，
等你手套裡的手，撥亮身體的燭火。
一星期的晦暗不算太久，外省的天氣
是否有陽光？

你住在高山上，那裡賓館陰冷、潮濕，
除了服務員面膜似的表情，
還要耐受會期的冗長。
七個下午，汽車一輛輛在樹尖上消失；

七個夜晚，在年終總結中能寫多少行？
西伯利亞寒流揮戈南下，個人的抵抗
只在意識中增強。最末一節車廂內，
我夢見你蒼白的嘴唇和緊縮的臂膀。

五

白菜、紅薯、胡蘿蔔和番茄，
自由市場上甩賣，蔥的鼻涕
有時會通過青色導管
流經我們的身體。

讓我們流淚的氣味是醫治還鄉病的良藥，
城市收縮、脹痛的胃裡，土豆比石塊還堅硬。
冬天藉助個體的胃分散貯存這一切，
在營養不良的農民手裡，我們奪取最後的養分。

我們是些有罪的人，
手提的籃子是胃口，不是《聖經》。
當某些懺悔的念頭籃底萌生，
整個市場墓地一般寧靜。

六

沒有黏土，除了強力，
陰森可怖的樹影擺動肢體。
風會吹滅燭火，拿走你的氧氣，
會的，甚至不是風。

夜晚扁平的魔術師的臉上，
許多未曾謀面的星辰閃爍另一個時空，
真實的場景令人懷疑，
如同一隻羊深陷在皮毛裡。

踏上平坦的大道，我們像被海綿吸附，
每一個泉孔都有一位神祇，惡魔叫我們驚愕。
我們驚愕的是冬季，這樣多的思慮，
在瀕臨滅絕的爐火中。

七

多情而無用的漫漫白晝，
短暫到火花一閃的午夜零點，

你相識了大海，猶如浪沫

激動狂喜在米洛斯島水域。

坐下來，像牧羊人一樣依偎著礁石，

數一數最後的羊群少了哪一隻？

坐下來，像商人一樣勤儉，

將日積月攢的石幣一枚枚投入海水。

在毀滅與再生的契合點，否定這個世界的存在；

在海藍色的搖籃旁，洞悉遠古的鳥巢與黃金；

億萬個浪沫的形象總結誕生

一個軀體：阿佛洛狄忒。

八

我不拖欠春天什麼，

當常春藤、迎春花枝纏繞墓地，

我已在寒冷的日子裡做了許多事。

不相信春天，雖說她的美令人著迷。

相信雪，融化和泥濘，笨重的皮靴聲；
相信冰，冰層下的魚，保存完整的童話和碎片；
相信星星，雲層後的葬禮，隕落的石頭；
相信睡眠，睜開不倦的大眼睛。

每一瞬間，不幸的產生，淚水和粉脂；
每一根手指一寸一寸地挖掘：真理和頭蓋骨。
我不拖欠春天什麼，轉瞬即逝的花蕾
更令我趨於果敢的人性。

九

落日的緋紅只有少女可以形容，
她遙遠、聖潔而不動情。
冰一樣冷漠的楊樹，水晶體閃爍，
一個孩子叫著「熱氣球，熱氣球……」

熱氣球夢魘般上升鳥瞰城市，
哪個更真實？哪個更耐久？
人們從辦公室的抽屜裡出來，
帶著硫磺的氣味點燃私生活。

黃昏，婦人洗滌臉上的胭脂、灰土、煙草味，
細細的娥眉、手指照進城市的浴盆。
一天，一年以四位數的速度遞增，
看見熱氣球的孩子已墜入睡眠的深淵。

十

季節如一張白紙，
那些沒有落實下來的音符
等待言詞的出現。
一棵柏樹，三五塊碎石，

羊的面孔像我的面孔。
面孔上刻有我出生的地名：黑龍江。
在標滿圖騰符號的版圖上，蒙古人，女真族，
父親指給我金兀術押運糧草的驛道。

現已夷為小河溝，冬天乾涸的掩體，
岸上的垂柳、小麥地，母親曾在這兒彎腰。
從這裡可以看到我家的屋頂、煙囪、明潔的大窗，
如今它們已跟隨新主人改名換姓了。

十一

一閃而過的形象，瞬間
倒塌的一切，遺忘。廢墟。
城在沒有牆的疆域矗立，
門可以隨便安置在任何一處。

馬蘭花在馬蹄落下的一剎那甦醒，
迎候她，像一位遠嫁異地的新娘。
這是預言的力量，苦難重重的等待和埋伏，
寄予我們良知的千百種惆悵。

在門腐朽的片刻，寫下這一章節；
在牆體隱身的時刻，進入語言的空城。
冬天，甚至看不見草，火焰的閃身之處，
只有苦澀的草根，麻木的毒火苗。

十二

沒有消息，任何音信都不適合這張臉。
臉怎樣高大，凝望夜空，

一言不發的早晨，臉怎樣渺茫，
於茫然中四顧……

孤獨沒有形狀，
愛沒有偏旁。一朵抽象的玫瑰
可以是一塊具體的石頭，
冷靜、扎手。

沒有消息的白天是最好的安慰，
如一副手銬架在鼻樑上。
多嘴巴的中午，臉怎樣擰乾自己，
如一件帶條紋的手巾。

十三

雪已將夜晚封住，
道路和眼瞼覆蓋著……
「燈芯裡的兒童，醒來吧——
像小鳥去讀書。」

從淑女到戰士，美轉為一場打擊；
從打擊到愛撫，雪投身於自然的宗教。
「哦，好姑娘，好小夥，
相愛或告別吧！」

雪擦熱臉和手，
擦熱體內陰冷的血流。
在無家可歸的雪地上久久佇立，
如一棵擁抱了自由廣大無邊的樹。

十四

冬日的食品，雪啊——
細密的組織同麵粉一樣。
摻合路的泥濘，山崗的微紫，樹的淚痕，
這個時代所有標價的雜糧。

在你家的院落、陽臺、屋頂，
將飢餓的粉末塗在暗紅的傷口上。
有形而無用的糧食啊，對小鳥的歌喉說：
「歌唱中止，歌唱在無痛的日子領不到一份口糧。」

雪細密的內部張開無數晶瑩的小孔，

一絲溫存或曖昧的舉動就會讓她的軟組織損傷。

她傾聽鏟雪機、巨型卡車碾過鄉村的沉寂，

從十幾米高的楊樹一頭栽下的星光。

十五

屋外，風多麼囂張，

它站在樹尖上，勒令季節的旗幟飛揚。

而我沒有出賣自己，

像阿赫瑪托娃1941年寫下的詩章：

「……但蒼天冷酷無情。

從所有的窗口看見的——只有死亡。」

季節的死活無關痛癢，

個人的消失是否理所當然？

風不是挽留者，我也不是送行的人，

此刻街面空空蕩蕩。對於你——詩人，

一列運煤的火車，一管悲傷的汽笛，

足以將你打發到任何一個地方。

十六

一連串陰霾的天氣，帶來的不只是
表情的因果關係，我迅速寫下這些詞，
這些長翅膀，姍姍來遲的客人，
光線不能將他們拆散，夜幕也不能將其蒙蔽。

我所說的是雪，黎明，一隻鳥啄起的一塊金屬；
掙脫了集權統治的中午，墨水瓶的安閒；
沉入個人宅邸的一串火星，地下室，煤氣；
一面可以伸出牆壁潛望者的鏡子。

妻子在梳妝的片刻窺見它，
女兒在鮮豔的營養藥瓶中本能地將它汲取。
而我在語言的軍團中與它們相認，
我是站在最後一排，又矮又小的一個詞。

十七

冬天的傷害來自室外，
一隻鳥對一棵樹所發的脾氣。

可以灌錄的唱盤早已寄出或老損，
鳥的歌詞被人隨意翻譯。

這是鳥的煩惱，樹葉的疏忽，
竊聽者的耳朵往往藏於樹皮內部。
樹的寬容在於一言不發，任風的快嘴
收割一切（包括性別、年齡、傷口的黏液和鬍子）。

冬天的傷害也來自室內，
許多人對一個人的善意關懷。
我們不是鳥，也不是不明飛行物，
唯願我們的耳朵不要流出殷紅的血滴。

十八

十二月。長椅。寂靜的書本。
我讀到一連串冗長的名字……
鐵欄裡黑熊慢騰騰移步，
彷彿冬天在它的步點上安息。

幾乎沒有影子，樹冠滑落到樹腰。

一雙腳相互印證，

伴侶般不離左右，在雪松的庇護下

畫了個問號，旋即消失。

長椅上半身的人形站起又坐下，

閱讀像教堂內的祈禱儀式。

雪地敞亮巨大的窗口，十二月

帷幔的後面，我聽到冥王星的呼吸。

十九

「你還沒有誕生，但我已寫下這些詩句。」

——題記

在落滿灰土的樹杈上，

在瓦礫湧起的一株草莖上，

我等你，悲傷的眼瞼緩緩張開，

貧瘠的國土啊，透過你的肌膚我看到自己。

清貧，固執，像蠟燭的光焰，
戰慄地爬起來，我的鄉村，城市，
我的斧頭，鑽，刀和各種模具，
我雜色的小碗等待你銀勺的汲取。

在塗滿色調的小紙片上，
在一個詞深沉的腹部，我等你，
悲傷的眼瞼緩緩合上，宏偉的臘月，
我是痛切我的肌膚觸及你未來的疆域。

1991.12.1-31

象徵主義的雪

乾燥的冬日

我拍著胸脯

象徵主義的雪

躲到樹後窺視

一隻狗翹起一條腿

衝街角撒尿

一個中學生從四樓跳到三樓

帶著流行音樂的劃痕

我推開窗子

將一個爛蘋果投向街心

1993.12.10

懷疑一把鐵鏟

懷疑一把鐵鏟的種植力
除了鐵鏟你握住鋼筆
鋼筆之後排列著妻子，女兒，桌凳
你還能握住誰（空氣？）

河水經過深秋冷凝下來
你舉起——水，瓶，陶罐
你舉起雙臂並不認為這是擁抱
失敗的意思。無語的土
繁殖力的土閉合房間
一小時前，你還能出入自由
此刻，陽光似一把失修的舊傘

坐在椅子上，陰影就會來敲門
前傾的十一月，額頭探出窗口
墜落吧——梧桐葉
落到集體中，直到鏟子
被丟棄乃至銷毀

短語

你不是一個守著落葉

隨便可以流淚的人

心化成灰，然後再去燃燒

通過能量的轉換

你失去了品質上的驕傲

很好的一個下午，甚至粗暴中

一絲曖昧的表露，都源於

你的手，索取中的克制

克制，一種不易被人察覺的行動

你證明的太多，得到的卻是少

比灰燼更少。心是無垠的

更易於失去大地上的房舍

你飛翔，在過去的雲層上站住

怎麼能高於那閃電般的語言

比它更亮，更純潔、迅猛

離我遠一些的樹

離我遠一些的樹如同默想
灰鼠打洞的時刻，貓頭鷹
取消了瞭望。更遠一些是牛和植物
再退後是幾何與抽象

放棄十一月最後的表格

在可溯的歲月中
回憶真的靠得住？
回憶能抵擋滾滾而來的數字？
精打細算的人
將時間一點點埋葬

寒冷的表達

寒冷的表達
有時是善意的
站在十一月的栗樹下
我呈無葉狀

凍僵的玫瑰有休息的去處
——那是顫抖者的家

雙唇黑紫
我對準黑夜的口型
顫抖——「我的心慌張。」

一場大霧

一場大霧，空氣中含有
更多的水分。在睡醒之前
命運早已更換了窗簾
第一個爬起來的人說：
（對那些沒有睜開眼睛的人）

「這是一個沒有早晨的十一月
含足夠水分的眼皮鬆開。」
「你看——」「什麼也看不見」
「什麼也看不見？」「你看——」

睜開眼睛的人說

這是一個沒有早晨的十一月

樹木。牆裙。人。話語

含水分的眼皮被剝開

降臨

降臨十一月

雨就成了一種信物

晚年，花莖，乾枯的葉瓣

已經無血可流

石頭顯得渺小，在龐大的種族

和語詞的譜系中沉寂

散亂的鞋子，床與手錶

還有什麼不可以離散

退縮著回顧：人，披著雨衣的雨

在下面，在雨的上面

恐懼似一種病毒，侵入而無聲

降臨在十一月之前是幸福的
降臨在十一月之後是幸福的
時光善變的眼神缺乏心靈

模仿

積雪堅持了五天
開始全面撤退
那些愛雪的人
瞬間化成水

雪轉入地下
進入倒計時
面目全非的我
開始模仿雪
在大街和小巷轉圈

D小調

我喜歡雨夾雪
喜歡雨雪共存的章節

南方和北方抱在一起哭

內心有一種說不出的焦灼

選擇雨和雪的城鎮

選擇人性弱點的城鎮

和初來乍到的鄉村

擁抱吧

說真的，我喜歡

被動中的交談，吻和別

各種形狀的耳朵

——莫札特

角色，起來……

不看天空，我有了面壁的

嗜好，群星算什麼

太陽，誰家的風車

不同寓所內的唐吉訶德

穿著花格衣裳，他不能重複

同一個故鄉

夢已失信夢中人
「角色，起來——去撒謊。」

練習

突然，意識到冷
肉體鮮豔地一亮
時間虛假的大拇指
按在粉牆上

你未醒，半睡
像一頭牲口
對著窗口喊：
走——再走——停

你聽見街上那個
醉酒的人，摔倒又爬起
爬到某座公寓的五層
脫下軍大衣，對椅子嚷
「喂，夥計——醒醒。」

1993.11

踏雪：插話三種

踏雪者離我們很遠，他由三個人的
心臟組成，有六條大腿，三張臉。

他停下，在廢棄的攪拌機旁張望
手扶拖拉機西去的路痕，
路燈從半空中發出竊笑。

一袋煙的工夫，雪飛起，
從地上，房頂，樹梢，從他的屁股
底下飛起，砸向他的臉。

巨大的攪拌機中石子呼嘯，
傳送帶、齒輪原地打轉，雪揪住他的
衣領飛起來……

他看到房舍，路面，褲腿，閃白光的鯉魚；
他看到煙囪，洞孔，廠區，袖頭和扁平的
大嘴。時間巨大的錶盤摔下來
狠狠地致命一擊
他的小腹。

二

一小時前，他從三個屋子裡出來，
帶著不同的氣味走近雪；
一小時前，他的三個情人拋棄了他，
多聲道的責罵風一樣颳過去；
一小時前，他是分裂的，沒有理由和藉口。

現在，他什麼都不是，誰也沒有棄絕過他。
他擦擦臉上的雪水，罵道：
騙子，浪漫的騙子，滾吧！

插話一：
「我有過一次被完成的感覺，
好像是偷了人家的自行車。」
「誰也沒有看見，你怎麼能確信？」

三張臉對著雪地傻笑，
聽不清究竟誰在偷，問，笑，
或者本是一個混沌的聲音，
在巨大的攪拌機中。

他們相互否定著各種推測，
直到腳底出汗，六隻鞋子冒出熱氣。
他們各自懲罰著自己，做鬼臉，伸舌頭，
在沒有大門的花園裡放下衣領。

插話二：
「我有過一個遠房叔叔，
開槍打了自己的腿……」
「兔子呢？」
「兔子躲到一邊哭去了。」

他想再重新編一個故事，
學著兔子，他在花園裡蹦。

三

偶爾，一兩對情侶追逐，吵鬧，
不愛管閒事的路燈睜大眼睛，
一個騎單車的人很不情願地滑倒在地上。

這些描繪大多沒什麼必要，
摔跤人可笑，你比他更可笑。

四

他想好了明天報紙的版面，
如果他是總編，一定會在今夜
開一扇天窗，讓文字都跑出來看看雪。

如果他是總編，一定會光腳丫出來轉轉，
看看雪，腳丫子，麥苗，矮冬青，
伸出舌頭舔舔雪。

雪。滾動。停頓。追逐。
兔子蹦到路邊的草稞裡笑著哭著。

插話三：
「我的家鄉，三個月前就下雪了。」
「小麥在倉房裡，我們在火炕上。」

「下雪的時候，我和母親待在屋內，
看窗外的兔子。」

「我早都忘了，大腦裡是白色，一大片空白，
好像有六條腿的動物在跑……」

五

雪混淆了視聽，各種感觀交錯出現：
「我八歲了。」「結婚了。」
「家已不是從前的了。」「家被連根拔起。」
「我坐在火車上。」這一切如同遊戲，
在大腦的魔方①中反復拼湊：地名。時間。親人。
小學。動物園。方言。溫度。椅子。火爐。
同學。綽號。瓜果。河流。照片。感冒。
櫻桃樹。大洋馬。北斗星。車站。斷斷續續的
呼聲像招魂「回來吧──回來吧。」

六

雪模糊了事物的疆界和願望，

她說，全體的事物（包括你）

相互妥協，取消差異和個性，

沿著我的皮毛上升——

這樣，散步者就被揪著衣領丟在床上。

1993.11.22

注釋

①魔方：中國地區對魔術方塊的稱呼。

鐵絲網

在校園的花壇旁
園丁扯起鐵絲網
他放下鉗子的時候，那些
稚氣的眼睛已被扎傷

血滴在魯迅的散文裡
黑體字的標題被浸紅
而那些被掛爛的屁股
無臉去見校醫

為了這份被忘卻的紀念
一個低年級女生問同桌男生：
「你有摘花的習慣嗎？」
「沒有……」男生答道
「那欲望呢？」
「欲望是條狗，它就蹲在我們身後。」

一晃三年過去，談話的
兩個學生已走上不同的路

那圈生鏽的鐵絲網
還沒有從他們的心底拆除

1994.12.13-15

第二輯

1996-2000

懸崖

——聽肖斯塔科維奇《A小調第一小提琴協奏曲》

一

命中註定的森林，埋下
多少珠寶、房契、借據和股票
喬裝改扮的但丁
也許正在一盞路燈下睡覺
劇本撩開了某位讀者的
眼簾，一隻塗白漆的刷子
在天黑之前，粉刷了
一遍街道。噢，跳躍
兔子在七樓上飛跑
西楊村河的魚兒在宮殿裡吵鬧
卡車司機一個撒野的動作
也許要耗掉16毫升汽油

木頭響起來，老掉牙的歌曲
街頭的小賣店裡，布匹枕著布匹
抽屜裡的硬幣偶爾會蹦上櫃檯
表演一段踢踏舞。讓你煩惱的是
顧客（讀者），他們的移情術

如自由市場上的減價皮鞋

三分鐘換一個情人

二

激動，激動，不再反動

對象徵性的大眾廣告來說

既不是排斥，也不是一種支持

整齊的馬路和林蔭

也是可以失敗的，傷心的汽車

已開入沒有肝臟的庫房

完全可以躲避的啊，從七樓

跳下的兔子，嚴謹、克制的

生活憲法早已界定了

你社交的圈子。那麼

開放的血液又在哪兒

（有人說求助於回憶）

但此刻是進入，通過

巨大的暖氣管道插入家庭

街巷、樹叢、窗孔和牆院
彷彿吃了安定片，所以
清醒的大腦就出了問題
──曼德爾斯塔姆，你是否
找到了一把可以容身的椅子？

三

光有敵人、女友和銀行
還不夠，還要有異樣的靈魂
才能在大腦中反復印製
不安的兔子，數一數它的
腳印，這也許是整個
冬天唯一能做的事

好吧，放下手指，親吻一下
照片上的朋友，沒有
一隻鳥兒在你的肩頭停留

揮舞木棒的冬天又來了
獵狗們圍著火爐搖尾巴

你抓起一團雪砸向矮冬青
在平頂山，雪不是盛大的
連兔子也是杜撰的
但這並不妨礙你戴著
腳鐐到西伯利亞舞蹈
昨天，你為囚犯們朗誦的詩
今天我剛好在農貿市場的
大棚下聽到

設想一下，你在森林裡
走了一個月或半個世紀
然後寫下彼得堡、亞美尼亞
抑或是精神錯亂的《神曲》
取消騎士和假髮，取消
詩對現實的勝利

四

寒冷的冬季，鬼才會出門
你停下腳，倒在路旁的
石條椅上。偉大的信筒

落滿塵土，阿赫瑪托娃
與誰爭論文明、敵人和陽光
當愛情在腹內打草稿
你的額頭掀開一個鬢角
如波羅的海邊的懸崖托舉巨浪
她並不回答詩歌的需要
何況寫作也不是一種商量

你擯棄自己的鼻子
為什麼它總替別人出氣？
唉，這算不了什麼
你比賠了一車皮土豆的
商販們還憂鬱嗎？
你怕——怕自己討價還價
滔滔不絕似流水，你恐懼流水
因為你愛過它們——喋喋不休
橋和腳印算得了什麼
一本詩集不會比商業法更厚

五

你未曾迷路，拐過農貿市場

攀上人工河堤，奔跑

在兩岸的枯草和落葉上奔跑

你要跑到風雪前面

改寫一封不可能寄出的家書

驕傲，就是驕傲

甚至連阿赫瑪托娃的詩

也不輕易說一句好

這才夠得上友誼

美麗的繆斯也不會生氣

你在路燈下放好了頭和腳

在《神曲》開始之前

枕著懸崖下的怒濤

1996.6

廢燈泡

燈絲斷了，它從光明的位置退休

它最後的一眨眼解除高燒

回到寒冷而透明的廢品博物館

我記得孩子是怎樣處理廢燈泡的

「啪」的一聲，聽個響兒

寧為玉碎，不求瓦全

燈的死法如此悲壯

除此之外，燈還有什麼用？

象徵，對；模仿，對

它是從生產線下來的太陽的模型

它飽滿的真空形成小宇宙

發明家愛迪生對它情有獨鍾

光和玻璃是烏托邦的建築

在每一家庭的理想國裡

人只是一個快樂的囚徒

燈泡廢棄的大腦依然可愛

如果你家有孩子千萬不要存廢燈泡

它物質的屬性易碎、扎手

因此，對一隻廢燈泡執行死刑是必然的

就像我們不斷埋葬昨天的理想

還會有別的光線照進肉體的角落

還會有燈的嫡孫守著空缺

真是這樣，確實是這樣

兩年前，城裡的燈泡廠關閉了

廠區地皮賣給房地產開發商

生產線上的女工被安置到醫藥商店

調侃的人也許會說：現在

我們需要的是藥，不是光

1997.3.25

燒樹葉

燒樹葉，一個國家頭痛
它需要一盒火柴或一根銀針

我許久沒有看到街頭的火
我早已忘記篝火旁的野人

發愣的眼睛，因看而空洞
空洞的心或物質的稻草人

確認：緊張中的走神兒
我太大意了，將自己混同於

氣味、煙霧，混同於困倦
和噁心，我從來不知道

樹上的鳥巢、螞蟻們的建設
原則和方針，我出門和進門

聽和看，報紙的蝙蝠飛亂
下午和黃昏。從我的耳朵裡

扯出電話線，嘴唇上測量
謊話的溫度，我是我自己的

蔬菜市場、銀行、電影院，我是
也可以什麼都不是，落葉或情人

看微暗的火裏住樹葉舞蹈
我只能是身處灰土中的人

或者是某物，引火焚身
當秋天低過我的額頭，留下疤痕

1997.11.7

夜布穀（向夜晚訂20節車廂）

一

夜晚能夠播種什麼？漆黑的樹杈
岩石解放內部的元素，裂變、爆破
逆向的風散佈工業群居生活的謊言
電視裡一個烏托邦國家被顛覆，光頭
軍政府首腦俯視別人的妻子和孩子
槍炮、石油、股市、談判、互訪
走馬燈一樣的傀儡和玩笑使兒童尖叫
家庭主婦驚恐，維和部隊的坦克駛入廚房
特使正在餐桌上胃口大開，他吞下了
救援的直升飛機和帳篷

二

比夜晚更黑的是顧城的眼睛
他看到光明比精神之煤黑十倍
他看到斧頭比死神還要聰明
結束自己，幹嘛先要結束別人
你看到了比所有網路悲劇

更大的悲劇。做慣了世俗喜劇的俘虜
誰還去讀莎士比亞、易卜生
睜開眼睛就可以窺視一切
誰還會擁有私生活？一杯茶水新聞
一次桑拿曝光，泛起幾多肥皂泡

三

隱匿在樹杈上的布穀鳥，向岩石
部落發送密碼電報：大盤上調
牛氣沖天，明天還有一場肉搏戰
你擺弄所有生活的曖昧底片
在夢想的大螢幕上複印市場交易的
銅雀之吻，趁它還沒有氧化，
生出老年斑，照耀欲望魔女的豐乳
像饕餮張開一隻口袋的世界
連同自己的肉身統統吃掉
沒有一絲悔恨、內疚和懊惱

四

怎樣解釋生活都不過分

帶口臭的讚頌和酒氣薰天的抒情

與印鈔機的狂吻都可以令人偶劇中的

男主角發昏。嘴曾是一隻鳥

替我們飛越英吉利海峽

嘴曾是一頭長著利角的動物

長期生存在人類智慧的航太中心

此刻，這永久的容器

經過美食的高溫，依然保持著

盲人摸象的天真與混沌

五

欲望引發交談的導火索

問題是手拿火種找不到炸藥

昨天的敵人，今日的上賓

董存瑞夠不到桌上的海味山珍

交談、交換、交易、交織出生活

百變金剛圖。而讀書如鴉片
麻醉了一代代知識分子的良心
拼湊吧，理想斑駁的七巧板
沉默吧，唐吉訶德的風車
封面女郎夢魘中的小丑端來早餐

六

戴面具的主人公又回到劇情內
整個身體成了綏靖省，復仇
變為一場重複的遊戲，奧菲利婭
倒向二維的水池，沒有驚呼
沒有比淚水更洶湧的河流
歌聲下沉，穿燕尾服的政治家
走上前臺與死去的演員握手
「太好了，您的表演傾國傾城。」
荒誕的劇場抵著夜空的下顎吹口哨
觀眾再一次淪為觀眾

七

白天做人，夜晚做靈魂的動物
時間的表格一分為二，將曠日持久的
戰火燃遍全身。談判吧──
同床異夢的夫妻，女兒在暗影裡
啜泣，這個小小的淚人，多像
無依無靠的母親。待她長大之後
嫁給生活的鐵匠，是否還會記得童年
生活中的天真？噢，不幸莫過於照鏡子
愛自己的另一半，勝過愛自己的妻兒
當他從床上爬起，重新做昨天的「人」

八

越過語言的邊界，你聽到歎息
韋伯恩3分37秒，內斂的光芒
比水晶剔透，比理智的鑽石
璀璨。這是一種品性，袖珍
如音樂聖經。點燃一支煙

給逃亡的大腦一點自由

在平頂山抑或是薩爾茨堡

一個美國兵端起卡賓槍，你聽到

「乒」的一聲，比一次呼吸的

時值更迅猛的是夜的戒嚴令

九

在多變中不變，在對稱中不對稱

既永遠相同又永遠不相同

言辭的魔術師從有到無，他的後背

永遠是射擊者的靶子

「我受到掌聲的攻擊，它讚美我，將我揉碎……」

出其不意的鴿子飛出催眠術的搖籃

轉瞬即逝的玫瑰被剝奪了刺的權利

父親在兒子的眼中長大，辯證法的遊戲

從灰姑娘的灶台批發到帝王的宴飲

該結束了，地獄中的又一個假期

十

布老虎枕頭，民間的夢

依然虎虎有生氣。你可以買

一匹布，但你不能包裝一個

讓農婦心跳的夢；你可以講述個人

冒險的經歷；但你不能編造

一個民間故事；你可以夢見一隻虎

但你不能把它兌換成保險櫃裡的金條

樸素的美，掉土渣的美依然在實用的

範疇，當它向博物館長點頭稱是的時候

一定是遇見了無所適從的鬼

十一

敞開岩石，從燈的子宮中壓迫

烏賊魚的膽汁，為惺忪的眼簾

塗上香料，河蚌一樣開合愛情的

匣子，這其中夜風的舌頭舔著

特里斯丹的傷口，而船隊將起錨

玉手綺瑟佇立岸邊，沉痛的
言辭掀起驚濤駭浪，砸向岩石的
金甲武士，猶如一把世襲的利劍
沉浸在夜的亞硫酸水池，但風的長腿
精於丈量人性的局限，用三角形構築歷史

十二

愛情不是送禮，也不是請客吃飯
這莊嚴的遊戲與革命具有相同的
性質，風暴中她顯示出超凡的品質
在家庭中卻失去了神聖的位置
嫉妒不再因愛而昇華為長頸的天鵝
眷戀因不能自拔的賒賬行為而淪為
賭棍。誰用一個廉價的吻
騙取了花木蘭的戰袍？革命或單相思的
試管嬰兒已經誕生，他法定的監護人
必須具備倫理的長槍和道德的短棍

十三

塵埃落定，紙上的笑聲蕩起
夜叉的青瓷花紋。聆聽的沉默
如遠處的黝黑山坳成為未加冕
國王夢境中的後花園。易碎啊
一盞盞達達主義的霓虹燈
電視與街頭廣告的狂歡已擠小了讀者的
廣場。查拉的勝利，不！
布勒東的勝利，藝術的牛角尖又頂出了
幾條死胡同。你唱著人民公社
大躍進的歌曲，步入60年代的初冬

十四

回憶。拆解腦力勞動的蒸汽機
永遠是在旅途中呻吟，布下
蒙汗藥失效後的空白與謎底
緩緩移動著的軀體在夜晚服刑
而刑期遙遙，通過改造內分泌

或調解呼吸，使精神分析的斷箭
再一次指向一廂情願的極地
死者吹簫，生者做夢
一千零一夜故事，在返鄉的途中
肉體突然找回它遺失的疆域

十五

書房抑或禁閉室，沒有一紙牆可以
將它們隔絕。寄一張明信片給唐代
收信人是李白或杜甫。自從汽車
趕走了馬匹並替代了犬吠之後
你已經很久沒有看到四條腿的動物
電視風光片中廉價的旅遊，早已
將你的眼睛掏成滴水的溶洞。床頭
除了臺燈就是遠處的車燈掠過，像沒有
電的時代鬼火叢叢。當體內的植物鐘
敲響24下，你仍可以聽到猿的尖叫

十六

雨在窗外彈奏，博得夜的掌聲
玻璃給出光的注釋，舔這些即興
舞蹈者的腳尖。今夜淚流滿面的紅磚
解除了初夏的高燒，貓頭鷹眼中的
街區，鼠輩們不再活躍。一輛開往
天堂的汽車濺起水花，不該發生的鬥毆
事件傾軋了市民榮譽的酒瓶
是誰從浪漫的田園中開出坦克
以暴力蹂躪了街心花園的草坪？
一萬個讀者的興奮劑報告呈陽性

十七

積木搭起來的世界與一個兒童和解
可以沒有門和窗嗎？可以
可以有沒人看守的院子嗎？可以
這是一個唯意志的世界，防止傾覆的
辦法是快樂。反反覆覆地改變

計畫中的計畫，經濟中的經濟
遊戲中的遊戲。沒有錯誤的孩子
是唯一錯誤，他對著傀儡們撒謊
「這算不了什麼，比起尼斯湖水怪
或是不明飛行物，我的演技還屬三流。」

十八

向夜晚訂一節車廂，壁上貼滿詩歌
五顏六色的乘客來自母語的不同部落
符號學亮起沿途各站的綠燈
風雨兼程的大款、小販們
看酸了脖頸，就在此地或許地下
繆斯是積極的，她以聯合酋長國
酋長的身分與大家說話。她也可能
扮成一位老嫗，沒有一位學者
或小夥子給她讓座。列車員小姐在
擴音器裡驚呼：我懷孕了

十九

陰影製造井架，燈光複寫礦區

一噸煤，一張臉，抽象的旗幟

插上午夜性高潮的制高點，猶如數碼

DVD解讀槍戰、謀殺、追捕、色情

謊言，包括純個人的自戕行為

《筆外斷腸天》中，你看到了冷酷自私的

銀行職員艾略特，將自己的妻子

送進了瘋人院。還有那個小個子羅素

跳交際舞的哲學家，讓你明白

通俗讀本的大眾諷刺學毫不留情

二十

該做的一直沒做，該寫的一直未寫

在紅木製成的圓桌旁，一群

中世紀的騎士找不到聖杯和亞瑟

延緩的時刻，蘋果攻陷了城堡

狗一樣坐在門檻上的塞尚，目睹了

聖維克多山立體的沉默

陰霾的六月，竇娥的季節懸置

蘸滿墨水的毛筆如雷電橫掃天宇

一隻撲棱翅膀的布穀鳥飛到我窗前

「喂，夥計，該收場了。」

1997.6

那年夏天——致楊遠宏

那年夏天，我從昆明看畫展歸來
路過成都，帶著一張青芒果的臉敲開
你家的木門，看見你失眠的眼圈發黑
一絡頭髮很不聽話地翹起，像壓不住的
火苗。我們談外省的天氣：多雲轉陰
成都也有些悶熱，彷彿一根火柴
就可以將空氣點燃。晚飯，我們吃夫妻肺片
喝沱牌酒，抽五牛煙，關於詩歌現狀
沒說一句話。傍晚，你帶我到河邊散步
沒有一絲晚風透露給我們希望的消息
第二天，你找來兩輛舊單車，我們在蓉城的
馬路上追逐，是追逐，因為你
騎得飛快，很危險。小廣場上空蕩蕩的
連一隻鴿子的影子也見不到
天空像一隻反扣的大鍋還沒有燒到沸點
我們站在那裡大概有六七分鐘
感覺自行車的後軲轆在冒煙⋯⋯
我們又騎向紅星路，幾個轉彎之後
我轉了向，差點撞在公共汽車的屁股上
當晚，我坐上開往河南的火車，像一隻
離開劇情的木偶無所事事。臨別前

你握了握我的手，像你寫信結尾時常用的
「緊握！」我感到手心發熱，沉睡在
脈管裡的血要湧出來了。但現在
黑夜做了我的女友，她不停地在我耳邊
吹送柔曼的樂曲，唯願這列老式的
國產蒸汽機不要半路拋錨或晚點

1998.11.8

一首詩的結尾

「其實沒有雪，有的話也是另一種。」
這句逆向行駛的話，似一輛轎車停在我面前
我真想上前敲敲它茶色的玻璃，不禮貌嗎？
這是陰霾的天空授意我這樣做的。那時
我耳朵裡塞著言辭的棉花球，路旁的木槿樹
縮作一團，梧桐葉大大咧咧地在眼前落下
一股莫名的衝動像冷風一樣從頭頂的
電話線上嗖嗖跑過，只需拿起話筒
靜聽就夠了。「沒有白雪公主，只有
七個小矮人或者更多……我也許算一個。」
思考的線路就這樣突然中斷了
剛吃完生日蛋糕的女兒不信這個邪
她偷偷翻開我的筆記本，在這首未完成的
習作後面添上一句話：「白雪公主長得很好看，
可她沒有美少女長得好看。」
她是在說些什麼呀？

1998.11.27

去快餐館的路上

傍晚，一家三口走在去餐館的路上
女兒快活得像隻小鳥剛生出翅膀
她神祕地對媽媽講，今天下午
同學問她「去沒去過天堂？」
她毫不猶豫地回答「去過。」路燈
似乎被這句話逗樂了，我的耳朵根兒
發癢，腳下小石子絆了我一下
「你去過天堂，什麼時候？」
「暑假唄。」看她那副天真樣
倒像是嘴裡嚼著泡泡糖。
「暑假，你和媽媽去的是天壇，
跟天堂可不沾邊。」有盞路燈眨眨眼
又滅了，女兒撅起的小嘴能掛住
一只塑膠玩具桶。我半開玩笑地
對她說：「其實，沒有天堂，
有的只是食堂；也沒有什麼地獄，
只有員警把守的監獄。」
她母親在暗影裡噗哧一聲笑了
「這麼說，我們是在去天堂的路上。」
汽車喘著廢氣從我們的身邊滑過
像一聲歎息留下黑乎乎的影子

我感到好茫然，天堂的隔壁就是地獄
一不小心就會摸錯門牌。服務生
拉開快餐館的玻璃門，彬彬有禮地
對我說：「先生，歡迎光臨。」

1998.12

買一件皮衣

買一件皮衣，馬上就會想到
「身披羊皮的狼」。更多的場合
我會調整它的邏輯關係：
身披狼皮的羊。這樣的小把戲
經常在聚會中亮相
同樣是偽裝，一種是在羊群中
一種是在狼窩裡，手法和效果
驚人地相似。但我是人，不帶引號
也不僅僅為隱喻而活著
我披羊皮或狼皮沒什麼不同
只是狼皮比羊皮更不易得到
站在人群中，我依然有狼的本性
我的孤獨不會被羊的溫柔同化
那些化裝成羊或牛、兔或貂的
女人和男人們，常常懷揣著
各自的謎語在街頭或商場相遇
「什麼動物早晨用四條腿走路，
中午用兩條腿走路，
晚上用三條腿走路？」

斯芬克斯脫下它的獅皮

站在上上下下擁擠的電梯上

1998.12.27

過去的一個冬日

慘白，我用這個詞形容冬天的雪

雖然很多人反對在詩中使用形容詞

老龐德算一個，還有我那幫先鋒派的朋友們，

但我不在乎，我用它形容牛奶和晚上

6點鐘的雪，以它喚起一截黑木炭的

形象。我打開門，不，是一陣風在外面

用力拉這扇門。送奶人像一截木樁

站在那兒，雪花給他的鬍子化了妝

冒熱氣的鼻子凍得通紅通紅

我真是有點激動，彷彿遇見了童話

書裡的人物。「下這麼大的雪你還來？」

「不來怎辦，牛要吃草，娃要上學。」

「你不會明晨來？」「怕你喝不上奶，責怪我。」

「怎麼會呢，壞天氣裡我從不罵人。」

他在路上摔了兩跤，40分鐘的路

騎了一個多小時。還有六個家屬區

一所學校，他要逐個跑到，以他這輛破舊的

加重自行車，跑遍他心中的網點

這種艱辛的勝利是我待在有暖氣的屋子裡

體會不到的。又攻克了一幢家屬樓

換回一張張帶油漬的奶票，他打奶的勺子

像北斗七星在慘白的雪地上閃耀
下雪真好，可他沒有時間欣賞路人摔跤
半小時後，他連人帶車跌入路旁的深溝
那只象徵七顆星座的勺子也不見了
第二天，一個黑天鵝般的女人
站在我家的窗前喊「打奶了──」

1998.12

夜宿山中

夜色抹去幾個山頭，登山的路像兩小時前的
晾衣繩已模糊不清，我們飲酒、聊天
不知不覺夜已深更。鄉村飯店跛腳的老闆娘
燒好一壺開水，等著我們洗臉洗腳
她還鋪好被褥，補好了枕套
星星大如牛斗，明亮得讓人畏懼、吃驚
彷彿有一雙銀色的彈簧手，伸出來要將
我劫走。多少年了，我以為這種原始的宗教
感情不存在了，今夜它活生生地扯動我
沒有潤滑油的脖頸，向上，拉動，
千百隻螢火蟲、蝙蝠、飛蛾撲入我懷中
我耳邊迴響蜜蜂蜇過一般的低語
「頭頂的星空，內心的道德律。」大學畢業時
我把它抄在一位好友的留言本上，星空和道德
也捨我而去。這幾年，我在陋室裡和影子爭論
終極價值和意義，卻沒有跳出緊閉的視窗
呼吸一下夜空的芳香。一位女散文家
曾同我聊過她去高原的感受「夜裡，月亮
大得嚇人，我一夜不敢睡覺……」
此刻，我似乎明白，或者是愈加糊塗了
童年蒙昧中敬畏的事物，不是沒有緣由

或許，我出生前曾在月亮或火星的隕石坑裡睡過覺
更壞的說法是我被洗過腦，像傳說中的
瑪麗‧蓮夢露在澳洲成了牧羊人的妻子
今夜，我感到自己似乎犯下了「重生罪」
覆蓋，一代覆蓋一代。我自以為清醒地在
樓頂間寫下過這樣的詩句：
「城市的浮光掠影驚嚇了膽小的星星。」
現在看來那完全是胡扯，自欺欺人，
我抬頭尋找著銀河，在鄉村飯店前的小河邊坐下
腦海忽然冒出一句話「宇宙誕生於大爆炸。」

1999.4.15

面對群山而朗誦

面對群山，以風彎曲樹枝的節奏

朗誦，不留任何痕跡，甚至

連一聲喟嘆也顯多餘，說不準會攪亂

蜥蜴的春夢、蜜蜂的早餐和兵蟻們出行的儀式

每一個詞都渴望消失，離開字面上的意義

每一個詞都不甘於搬運工的角色

每一個詞都渴望嘴巴爛掉，置入空氣

如果它能變成一株草，一滴露，一粒沙石

我願意和它待在一起，以它的方式感受或消失

一張詩稿和一片樹葉的區別不在於色澤或重量

在於她們各自散發出的味道、氣息

我從沒想過一首詩會超過一片嫩樹葉

雖然葉片的紋理和詩的分行有些相似

我常以燒樹葉的方式寫詩，煙薰火燎

污染空氣，連化作肥料的企圖也急功近利

面對群山，我再說一遍

我的生命一半由廢話構成

一半是火焰和空氣。我朗誦的同時

聽不到自己在說什麼，張開的嘴露出機械的

牙齒，舌頭也是橡膠做的。看見的字

如長翅膀的螞蟻爬來飛去，讀出的音瞬間分離

我感到腹腔裡藏著一個舊喇叭

它在唱著過時的戲，電壓不穩，思路老化

需要一隻梯子爬出自己的身體

我豎起野兔一樣的耳朵，想抓住這一感覺

抓住它，我的生存就有保障了

稀拉拉的掌聲、咳嗽在山谷間迴盪

像樹下的蟬殼毫無意義。這是第一次

面對群山而朗誦，下一次，我將邀請

豺、狼、虎、豹、蛇、蠍、鼠、兔作我的聽眾

如果是在夜間，還將邀請歸巢的群鳥和繁星

1999.6.29

在雨中打電話

你在雨中打電話，給陽光燦爛的
日子。一晃四年過去，
這個電話還是沒有人接聽。
忙音，始終是忙音，說明電話線
也在下雨，或是號碼撥錯了，
撥到了別的區。偶爾，
也會有這種情況發生，原本打個
市內電話，卻通國外。
電信局傳來帳單，一筆不菲的數字。
你感覺好冤枉，就像打電話
給天堂，結果卻接通了地獄。
可能是通訊交換系統出了故障，
電信局應當承擔責任，
並且賠償用戶的精神損失。

你在雨中打電話，聲音也被淋濕了。
你說「你好」，聲音聽起來
像「洗澡」。確實
你是在雨中洗澡，這個澡一洗
就是四年，你還在澡盆裡喋喋不休。
你往忙音區裡撥電話，

號碼是不會錯的，那個接電話的人
興許是用手語與你交談，
說他眼前是明媚的春天。你用耳朵
探測說話人的口型，像櫻桃
又甜又紅，櫻桃樹的後面
有一排水閘，春潮滾滾
從早春的喉嚨發出沉悶的雷聲。

你在雨中打電話，四年同一個姿勢，
同一個腔調撥給忙音區。
你知道他不在家，出差或遠遊了，
可你卻不能不撥這個號碼，
除了這個號碼，你什麼都沒有。
你想他也許會突然飛回來，
用羽毛撣掉話筒上的塵土，然後
嘰哩呱啦跟你說一通時髦話。
並說明他沒接這個電話的原因，
那一定是發生了天大的事。
你不得不佩服他的口才，
彷彿你是忙音區，他在陽光普照的
日子裡給你打電話。你感到電話線

在某個交換處又扭了，

也許是串線，男聲變成女聲，

嬌滴滴約你到K街泡吧。

你在雨中打電話，還是打給忙音區。

四年中，你離婚，帶著十歲的

兒子無依無靠。工作你也辭了，

沒有什麼比撥通電話更重要。也許

你只想聽到「你好——洗澡。」

這樣的廢話，任何解釋都不需要。

現在，你連當初為啥打電話的理由

也記不起來，這也沒什麼，

隨便編一個就行了，或者乾脆說

「我也不知道為什麼給你打電話。」

也許，連電信局也不知道這個

四年前的號碼，你的記性真好。

你在雨中打電話，電話亭換了

一個又一個。有的話亭如今已經

不存在了，消失在城區的忙音裡。

你也曾懷疑他搬出了這座城市，

或是在一次意外中失去了記憶，
但這都不能阻止你撥這個號碼。
你想讓他聽聽這四年的風雨，
喚起他的記憶，讓他知道四年前的
這場雨，今天依然未停。
或者在電話裡再痛罵他四年，
直到陽光照射這座電話亭。
告訴他，你已經欠了四年的話費，
這筆賬該由誰來付？
「我已經輸光了一切，只剩下這個號碼。」
對面還是一片忙音，
但你心裡清楚，他一定是聽到了。

你在雨中打電話，連衣服也當光了。
為了繳清這四年的話費，
所有值錢的東西都變賣了。現在
你裸體站在電話亭裡打電話，
雨點在玻璃上劈啪劈啪地抽打，
行人圍著電話亭轉圈……
你接通了忙音，對忙音區說：

「我已經不欠你什麼了，話費
已經付清，請將升位的號碼告訴我。」

1999.11

卡夫卡日記

引文是一隻蟬，不停地鳴叫是它
的固有本性。它抓住空氣就不放鬆。

　　　　　　　　　──曼德爾施塔姆

什麼都沒寫，幾乎什麼都沒寫，
很久沒寫下什麼東西了。明天開始寫，
否則，我將陷入一種持續的無法
抵抗的不滿之中；實際上我早已陷入
其中了。緊張不安的狀態正在開始。

很糟，今天什麼都沒寫，明天沒有時間。
星期一，開始了一點，有了一點睡眠，
也迷失在那些完全陌生的人當中。
寫作是魔鬼的發明，如果我受到魔鬼
迷惑，那就不可能被人誘惑。

他的面孔不使我害怕，因為我也將像惡魔
一樣，似乎對這看法有些敏感，聰明
得足以獻出一隻手，以便一直用它
覆蓋著臉。倘若我只被一個魔鬼迷惑，

一個冷靜、不受打擾地觀察我的全部
本質的魔鬼，那麼，我將被他把握，

被他反復操縱。這樣，我就不會最終
看出他的微光，因而也不會受到這方面的
打擾。唯有寫作之周邊著一群魔鬼
才能成為我們在塵世中不幸的原因。

什麼都沒有，什麼也沒有。長久的折磨。
人的頭髮掉落，魔鬼也會掉頭髮，而上帝
卻不掉。心煩意亂的夜晚，少女對臺階上的
男孩說：「抓住我的裙子。」只要我的身上
有很多魔鬼，就達不到幸福。由於缺乏統一性
全部魔鬼對我顧慮重重的關心又有什麼用呢？

荒廢了一天，睡覺和躺著度過。什麼都沒幹，
在辦公室和家裡都是這樣。寫了幾頁
虛構的旅行日記。晚上，我像一隻可憐的
小老鼠在試驗室的籠子裡啜泣。
記下一個夢：我開著一輛老爺車穿越密林
說穿過，不如說是從山坡上滑落。

沒有重量，沒有骨骼，沒有軀體。
在街上走了兩個小時，想著下午寫作時
所克服了的問題。最近做的夢：
我正同父親一起乘火車返回東北，窗外
冰雪封存著記憶，一個倦怠的人的感受。

星期六，又是鼓勵。我又抓住了自己，如同
一個人抓住一個下落的蘋果。但我從沒有像
魔鬼一樣抓住地球不放。書籍平靜地躺著，
《卡夫卡日記》、《戴面具的杯子》、《小雜誌》，
只有冒熱氣的茶杯還在，其他一切都是虛構。
冒昧。熾熱。討厭。漢語詩歌中缺乏像樣的優美感。
今天，燒毀了多少舊的令人討厭的韻文？

令人傷感的從前，只用在個人簡歷的表格上，
我對其他一切事情了無興趣，因此我無情。
那僅僅是因為我的文學使命。「很好，
這正是我要做的。」轉身，我體驗到了如何
振作精神，同一個十足的傻瓜談話，
我難以笑出聲來，只是澈底地清醒了。

我曾抓住一個姑娘裙子後面的一條飾帶，
讓她在走開時把那飾帶拖入我的手中。
還有一次，我撫摸一個姑娘的肩頭，正使她
高興，沒想到過路的魔鬼卻敲打我的指頭。
我是一個不錯的敘述者，過去不如現在這麼好，
現在，我已能模仿卡夫卡，以至於沒有任何人
能分辨出來。模仿力、記憶力、呈現力，
一切的一切，除了外表，但外表並不重要。
無論我想到什麼，都愚弄了一下公眾。

冷熱隨著連續不斷的詞句交替出現，讓魔鬼
在暖氣管裡咕咕叫吧。夢想著旋律般的起伏，
讀著但丁的句子，就像我的整個身體都在尋找
重音。從今日起抓住自己，有規律地寫，
別讓步！即使任何救助都不出現，我也要
它在每時每刻留下爪跡。「薩福──
我對創造的喜愛是無限的。」

還是什麼都沒寫，什麼地方也沒去。
像S・弗魯格，盡一切辦法生活在國家之中。
僅僅由於空虛，我才那麼喜歡朗誦，

為了引起影子太太、小姐們的注意，改變一下
她們生活、社交、談話的姿態。我把空虛
隱瞞在激動不安的裙子下。因此，我也得到了
極大的獎賞。其實，我的朗誦十分糟糕，
它引發的不過是某種渴望的替代物。

施陶費爾‧伯恩說「創造的甜蜜產生了
對其真正價值的錯覺。」一點沒錯，
這是朗誦所造成的自鳴得意的效果。
太疲乏，不得不忍受，這樣的受難要有
原因！我已經喚起了最後的力量。
在律師事務所，卡夫卡注意到，左手
有時被右手的手指同情地抓住了。

我對自己所作的評論是：「我沒有為平靜地
生活而避開人們，倒是為了能夠平靜地離去。」
現在，我將自衛。那個無意識的人
終於浮出水面，意志如甲板一樣堅強，
自我折磨如鎖鏈，牢牢地掌握著自己，
直到魔鬼在船頭吼叫「該起航了──」

失眠。鬱悶。從高高的窗子跳下去，
但跳到了雨水中，墜落在那兒並非致命，
閉上眼睛仍能經受住任何隨便的一瞥。
一只鐘令人沮喪地敲打，我進屋時聆聽著它，
它的擺在半空搖晃，鼻子和嘴喘著粗氣。
不幸的夜晚，「不可能與誰共同生活。
無法忍受與任何人共同生活。」

忘掉一切，打開窗子，清掃房間。
風穿過廳堂，看見五臟六腑的空曠。
我在每個角落搜尋，卻找不到自己。
想到與之廝混的六個姑娘，我分成
六份，被她們撕碎，我全部的罪過
是不愛她們，讚美佔據了我的舌頭。

苦澀，苦澀，這是最重要的詞。我怎麼會
打算把碎片連結在一起，成為一個控制
人們思想感情的故事呢？我很軟弱，
很痛苦。一條值得稱之為愛的細小溪流
就可以把我淹死。但我不可能找到她，
儘管她曾經在剎那間閃現。

什麼也沒寫，什麼都沒做，各種類型的
不安控制著我。翻開日記僅僅是為了
哄自己入睡。三四年中，我寫下了大量
相同的東西，毫無目的地使自己精疲力竭。
似乎寫作就會幸福，其實不然。

苦惱。頭痛。我似乎在1912年就已經
離開了，滿懷著全部力量，帶著清醒的頭腦，
沒有被不斷衰退的生命力的緊張所吞噬。
一口井乾涸了，水在無法到達的深處，那兒
毫無確定性。隱喻是一種使我痛苦的東西，
唯有寫作是無助的，一個玩笑，一種絕望。

2000.2.27-28

鑰匙，鑰匙

鑰匙始終是比喻。

不時地啼叫。

——君特‧格拉斯

一個人出遠門，不帶鑰匙

使自己看上去像個無家可歸的人

其實我是認為帶它不方便，也派不上什麼

用場。它在腰間或褲兜啼叫，讓人分心

提醒我是個有家的人，卻打不開別人的

房門。到處是鎖，也不能隨便亂插

這會帶來糾紛、責任、權利和義務

還關涉到道德、倫理，或美其名曰：

女人的心。那些肉麻的比喻

我就不說了，鑰匙們會得意的

我會手拿鑰匙去找鑰匙

結果傻瓜也會知道。我捨不得扔掉

任何一把舊鑰匙，它成了我行動的累贅

一把鑰匙是一個懷念，一串舊鑰匙

就是一串懷念的酸葡萄，它能釀酒

雖然澀了點，仍能使我陶醉

我知道有些門換鎖了，卻免不了
掏出原來的鑰匙晃一晃，這種感覺微妙
常使我感到有失身分，但這把鑰匙的
感受呢？像失去了所愛

它唯一的愛好被剝奪，插入別的鎖孔
就會萌生犯罪感，我替它多次領受過
也許不扔掉舊鑰匙，使它成鰥夫
真是我的錯。好了，不提這些傷感的事
不帶鑰匙是一種解脫，雖說不是真正意義上的
自由，也算是一個逃避的假期吧
可我還是聽到鑰匙的喊叫，一連串音符
追逐著我。現在，我遇見各種好奇的鎖
它們用孔眼瞄著我，對不起
忘帶鑰匙了。「你不會現配一把？」

我對您這種體制不合適，何況我的體內
缺銅少鐵。「你將失去一個美麗的國家？」
我失去的太多了，如果我見一把鎖打開一把
說不準早就打開了潘朵拉。我佩服的
英雄是阿里巴巴，但也搞不準，興許我是

四十大盜中的一個。不帶鑰匙免不了要重溫

過去，口中振振有詞：「鑰匙，鑰匙，出來吧。」

轉動，一觸彈簧，傳來悄聲的問候：

「你回來啦！」溫存、親切，遠行的

疲勞和雄心壯志在體制的一吻中融化了

所以，我不願帶鑰匙是怕重蹈覆轍

2000.4.15

鄉村紀事

呼蘭

一盒火柴，就能讓我想起呼蘭

它的名字帶有一股刺鼻的硫磺味

從康金井乘火車去哈爾濱

我多次途經縣城，卻沒有到城裡轉悠

因此，它的模樣就像受潮的火柴棒

擦不出記憶的火花。只有一次

在夢裡，我冒冒失失地抵達過縣城

一個賣凍梨的老漢對我說

「這就是呼蘭，不信你沖河水喊兩嗓子

它會冒出藍煙。」我捧著凍梨直打冷顫

手腳麻木，滿嘴哈氣往外冒

小時候，吃凍梨先用涼水拔一下①

等梨皮脫掉一層透明的玉衣

再下口。呼蘭不會長得像凍梨吧

蕭紅姐姐、蕭紅阿姨、蕭紅奶奶

不會像梨皮一樣難看。長島在電話裡

跟我說，他去過蕭紅故居

看了呼蘭河，可我卻不能跟他談論

有關呼蘭的軼事，我用鋼筆把它寫進

祖籍一欄。我確實沾了點蕭紅的光，因此
有些臉紅，本來嘛，我的臉就像黑土地
一樣黑裡透紅，並影響到了女兒
兩年前，我曾寫下過這樣的句子
「當長長的暗夜威逼一個少年
成熟、衰老的時候，我掏出一根
火柴，劃亮整個縣城，她的女兒蕭紅
用一雙審視的眼睛望著我。」
除此之外，我還能對呼蘭說些什麼呢

兩個奶奶

一

「帶你長大的奶奶是個薩滿。」
三年前，父親無意中說出這句話
我雖然驚訝，但也不覺得奇怪
那時，破除迷信，二奶堵嚴了窗門
偷偷在夜裡跳大神，有幾次
驚醒，我大氣不敢出，真的嚇壞了

油燈昏暗，只有一絲光
另一個婦女一副虔誠的模樣

二奶振振有辭，我卻一個字也聽不清
一個字也聽不清，否則我不會
遺憾，我失去了一個近在咫尺的傳統
其實，我繼承它的可能性很小
奶奶是滿，我是漢，我們之間除了親情
總還有禁忌。二爺過世後
二奶就改嫁了，改嫁前她殺了一頭豬
罵我和弟弟是白眼狼

白眼狼是什麼呀，什麼呀？
第一次聽到這個詞，我意識模糊
沒有不良反應，現在，我明白了
奶奶已在故土度過二十年孤寂的時光
她死前還會念叨我的乳名嗎？
「小東、小東、小東……」
一個薩滿將咒語放入我幼小的胸膛
啊，胸膛是她呼吸的墳墓嗎？
它安靜、迷信，伴我走過二十年的迷惘

在每個失去信任的暗夜，我多想
撥亮油燈，看她跳大神之舞

二

走了一位薩滿的奶奶
還有一位平原般坦蕩的奶奶
童年蒙昧的油燈，還有人為我撥亮
黑土般厚實的火炕上，奶奶盤腿而坐
隨手捲一支紙煙或是嗑瓜子
我和弟弟小狗一樣圍在她身邊

當時家裡除了課本和馬列毛的書籍
其他的書全都燒光，可奶奶肚子裡的
閒話似松花江水在冰層下流淌
父親有時會嚴肅地對奶奶說
「您老給孩子講這些東西可不好。」
奶奶並不聽他的，誰能改變
一個鄉下老太太的信仰？

那些蕪雜的閒話，是奶奶道聽塗說的
偶得，她默記於心，並口授於我

於是，我就有了王二小砍柴的願望
有了男扮女裝跟穆桂英出征的荒唐
以及鄉村流浪漢式的幽默和無常
二十歲後，我痛哭的方向是北方
我只哭我的奶奶，我恨自己不能到
她的墳頭上燒紙，我嫉妒那些
清明節掃墓的人，真的，我想帶著
我的書，燒給她看，雖然我是個
無神論者，可還是想把
文字的骨肉，一筆一畫燒給她

奶奶給我講過的故事大多已遺忘
只有這個與死亡有關的夢依然清晰
那是一個不確定的場所，兩個聽差
帶著奶奶沉入迴旋的走廊。奶奶說
好像是馬廄旁，她在夢中嗅到了馬糞的
草香。一根金色的柱子拴住她烏黑的
辮子（夢中，她可能還是個姑娘）
不大一會兒，兩個聽差不帶一絲塵埃
走出紅漆的大門，等到他們走到跟前
她才看清是兩個長著驢頭馬面的人

說一聲：「抓錯了，主人不想見你。」

奶奶在油燈下複述這個夢

內心充滿了感激，她對我說

一旦聽到主人的召喚，她就回去

康金井

八卦街像一只風箏，1：1200萬

比例尺的地圖上看不到它的影子

呼蘭河更遠，因蕭紅而流經三十年代

對我來說，康金井只是一個月臺

南來北往的火車解開我不同的衣襟

十歲之前，我睡在路基東面

紅色車輪肆無忌憚地碾過我的胸膛

坦克和大炮運往邊界

紅松和水曲柳運到南方

七十年代初，一列貨車翻下路基

大片的玉米被壓倒，那時

我還沒成熟，好奇心僅限於司機或司爐

怎樣跑下車頭到玉米地撒尿

順手掰幾穗玉米，在爐火中燒烤
就像我在灶火旁烤熟焦黃的土豆
沒有未來和理想，司機只管開車
軋斷玉米和農民的腿
我只管做夢、尿床、驚醒
就像今天，我從不把居住地稱作故鄉

林家

林家村以我家族的姓氏命名
父親說早先還叫過林家窩棚
文革時改名紅旗，沒豎多久
就倒了。習慣戰勝了
見異思遷的熱情

我看見與我同姓的地主的兒子
每天到各家各戶挑大糞
開憶苦思甜大會時，他低著頭
立在板凳上一聲不吭。沒脾氣
對人畢恭畢敬，村民說他
心裡有一本變天賬。但批判

並不激烈，除了說吃就是說穿
有點像巴夫洛夫的條件反射

最令人激動的還是遊大街
給地主、右派、小偷、破鞋
脖子上掛一塊牌子，頭上糊一頂
紙帽，煞是好看。年輕人
鳴鑼開道，像是過愚人節
或動物狂歡節。除了過年
鄉村沒什麼節日，十三歲
我離開林家，再沒有回去過

鑽石王老五

井沿上住著王老五，他總愛
蹲在井臺上發愣，披黑棉襖
像一塊巨型土坷垃，死活也不肯
動彈，他的固執是出了名的
誰也不知道他想幹什麼

「他能想什麼，想媳婦唄。」
我從沒見過他的婆娘
也沒見過他下地幹活，他侄子是村支書
誰敢惹他呀。反正沒人給他焐炕頭
他在哪兒都是涼的，比井裡的水還涼

我在井裡拔過黃瓜，又涼又脆口②
他想媳婦的滋味也是這樣吧
從太陽升起到落下，王老五
如鑽石一般一動不動，水井叮咚的
聲音在他的心底漾開

他侄子為啥不給他找個女人
我也不知道，可能沒有合適的
也可能他不想要，他一天到晚守著
井臺，就是在等井水一樣清冽的
女子，戴著叮咚的耳環走上來

我沒有更多證據證明這猜測是對的
他愛的女人早年投井自殺了？
他年輕時在井臺上看中一個打水的女子

那女子卻嫁到了外村？他一直在等
一個人在井臺上出現？可能地點不對

村裡總共有六七口井，每口井鹹甜不同
叮咚聲也不一樣。我想跟他說，王五叔
你每天換一口井蹲著，可能會好些
其實，最簡單的辦法是把其他幾口井
都填住，這樣就可以甕中捉鱉了

雲雀

下午，一人去村北的玉米地
陽光燦燦，玉米稈照射得金黃
頭頂秋雲悸動，如演草本亂飛
不大一會兒工夫，一捆柴
蓬蓬勃勃壯大，我用麻繩使勁
殺緊它的粗腰，讓它變身古代仕女

額頭的汗珠流入眼角，蜇得眼睛
發澀，湧出更多的淚水
髒手一揉成了花臉。沒人讓我去

拾柴，我是自願的，平時
看到別人從地裡背回一大捆柴，
我的心就癢癢，今天是偷偷跑出來

想著自己背一大捆柴回家
母親一定會高興。下蹲，將繩扣套進
左右臂，「一二三」起身，竟然沒成功
喘口氣，深呼吸，再起，又失敗
身體隨柴稈的重量後仰
天空像醉漢搖晃幾下，差點落下來

這時，我聽到雲雀的歌聲
比花腔女高音還要動聽，一連串音符
火辣辣灌入胸腔，歌詞大意是
「孩子，別氣餒，攢足力氣，爬起來！」
我如同吃了興奮劑，一骨碌爬起
抬頭再去找雲雀，只有茫茫雲影

挖鼠洞

深秋，扛上一把鐵鍬，我跟二哥、三哥去收割後的大田挖鼠洞，我為鼠洞奪糧的計劃興奮不已。田鼠太可恨了跟我們爭口糧，還藏得很深不能讓它過舒服日子。我先在田埂上發現一個洞，三哥在附近發現了第二個，二哥說還得找，狡兔三窟，田鼠也差不多。他在四五米遠的地方找到第三個洞口。這個洞口是田鼠逃跑時用的，中間的一個是透氣孔，原來田鼠也這樣狡猾。我們先用土塊堵死兩個洞口，從主洞挖下去，要找到田鼠的糧倉還真不容易。鼠洞如迷宮，七拐八扭，二哥挖了大概五分鐘才找到糧倉，新鮮的玉米

有二斤多，足夠田鼠吃到來
年春天。找到糧倉還不甘休
三哥繼續向田鼠的老巢裡挖
一隻大眼賊（田鼠）憋不住
了，突然躥出，二哥、三哥
掄起鐵鍬就撞，驚慌失措的
田鼠慌不擇路，一頭鑽進我
的褲腿，我嗷地一聲蹦了起
來。二哥喊快脫褲子，快脫
幸虧田鼠已嚇得半死，對我
口下留情，否則我一定遭殃
有了這次狼狽的經歷，我再
也不跟哥哥們去鼠洞奪糧了

傳說與故事

一

村裡有一位業餘獵戶姓李
打兔子也捕野雞，還喜歡獵殺
黃鼠狼和狐狸，下獵套

埋鋏子，無所不精

有一天，他從外面捉回一隻狐狸

村裡的大人小孩

都來看稀奇，將他家的窗戶

堵了個嚴嚴實實

那隻狐狸在他家的炕上

不停地轉圈，臨死前

兩眼淚花落滿炕席

獵戶一邊磨刀，一邊嘀咕

上好的皮毛，賣個

幾十塊錢沒問題。狐狸哀求的

眼神漸漸黯淡，利刃的

寒光剝開它厚厚的毛皮

第二年夏天，獵戶的兩個兒子

淹死在村東的大水坑裡

按老人的說法，一隻狐狸

有四條腿，因此，報復的

數字也是相等的

二

我在平原上只見過一次
狐狸，那是我的右眼被玉米茬
刺傷的地方，一隻火狐
拖著華彩的長尾向東方逃竄
許多人放出院子裡的狗
試圖追上它，大呼小叫的村民
衝出了家門或爬上了梯子
我只能用一隻眼注視它卷起的
煙塵。不一會兒，幾隻狗
被狐狸施放的煙幕彈薰了回來
家狗哪能有狐狸聰明，光是
那條尾巴就能逢凶化吉
奶奶說，狐狸叼走了一個孩子的
右眼（我不相信），三天後
它將還給那個孩子一隻
幼狐的眼睛，這可是真的

回去，滾回老家去

穿過玉米地，穿過多次
每回角度不同，心跳頻率也不一樣
「回去，回去，滾回老家去！」

步點迷亂，屁股也搖晃
貓腰脫鞋，倒鞋縫裡的土
總是倒不淨。脫去襪子才發現
腳丫夾著泥，衝我做鬼臉

穿過玉米地，恐懼感也
漸漸清晰。如果遇到一隻野狗
或拍花的怎麼辦？如果碰上殺豬的③
老李怎麼辦？喊救命都來不及

自個嚇唬自個，我早都能嚇唬
老虎和獅子。我迷失在
二十年前，跟傳說中拍花的一樣
拍著自己的腦門離開了這裡

「回去，回去，滾回老家去！」
老家如搖籃掛在夜空上
我沒有梯子

打碗花

眼睛如沼澤，開著一束花
我曾試探著採擷，又深恐
不能自拔。這是常見的鄉
野的風景，炊煙嬝嬝之地
也是我年幼時玩耍的水窪
那些溢在水面的劣質油花
泛起泡沫，嗆人流出終生
的淚水，姑姑就在這層油
花後面張望，總也數不清
鍋臺上的星星，兒女們拖
著慧星的尾巴長大，她每
天都唱「摘了朵打碗花」

大手大腳，本可以闖天下
可是她沒走，她說一根肋

骨動，房梁就得塌。每天
餵豬一盆食，小雞一把米
鍋添一瓢水，摘朵打碗花
你也許納悶，為什麼摘的
是打碗花，而不是豌豆花
韭菜花、其他花？17歲那
年，她從地裡回來，隨手
採了一朵，剛進屋，就看
見耍錢的二爺領個陌生的
小男人回來。從此，姑姑
就分不清落在老槐樹上的
是喜鵲還是烏鴉。她每天
都站在紙糊的窗格前唱：
「……摘了一朵打碗花。」

2000.9-12

注釋
①拔：北方飲食習慣。在冬季裡將凍水果放入涼水中，
　起到解冰的作用。
②拔：同上，夏天時則起到冰鎮的作用。
③拍花的：指北方傳說中的人販子。據說拍花的常用一隻
　手或手帕往孩子頭頂一拍，孩子就迷迷糊糊跟他走。成
　人常用「拍花的」來嚇唬小孩，不讓孩子到處亂跑。

2001－2005

不與它乾杯

與生活保持距離，或者
氣喘吁吁、滿身臭汗地
跑在它前面，也不讓這
隻老烏龜追上。不給它
寫寓言的機會，不給它
假裝謙卑的口實。讓它
掉入湯鍋不停地打滾兒
燉足四十分鐘，我沖完
淋浴，美美地品嘗一番

與時代同步，熱愛生活
見鬼去吧！不與它乾杯

或者，在生活的尾巴後
面睡大覺，讓它像傻瓜
兔子一樣在操場上裸奔
我才不去趕它的風流呢
我做白夢，說黑話，與
蝸牛攀談，讓太陽的車
軲轆陷落西山，我就是
不動。牽著詩歌這頭年

邁的毛驢，我要唱到東
方發白，露水打濕衣衫

2001.2.19

秋風歌

現在尚早，楊樹婆娑

哼著婦人的歌兒

落葉稀少，星星也脫掉

鞋襪，光腳丫小跑

街角的煙頭一閃

熄滅。想像我就是那個

穿米色風衣的男子

裝得下中部平原的遼闊

叼上一支煙，肺葉炭紅

加熱郊區的鼻孔

我非常適合

以人行道為枕躺下

模仿乞丐或民工酣睡

可眼睛卻不能閉嚴

害怕——醒來在另一個

時間、地點，另一個

沒有護照的國度

雖然我喜歡陌生的城鎮

一見鍾情者，可風衣

會成為我的尾巴

暴露出我的嗜好和個人傾向

煙蒂上的標記也會出賣

肺葉上哮喘的故國

不如掉頭睡倒山岡

枕一眼泉水，讓夜狐

從我的腰間躍過

這並不難啊，搭計程車

去落鳧山，二十分鐘就到了

2001.8.20

用舊的一天

雨滴，瘦小的腳趾
踢玻璃。一天或多一點，
紙糊住面孔，終於
找到了失散的眼神。
它多麼適合於柏拉圖，
篝火旁掛著蝙蝠的衣服。

當我試圖用口哨
征服空氣，雨點就以
進行曲洗我的胃。
啊，一座銀灰的城市
裸浴，可我卻沒勇氣裸奔。
它有著星光的麻臉，
稠密的排水系統，
它有蟾蜍跳過我的河南。

2002.10.19

雨刮器

它忙碌著，為小雨梳分頭

讓我們懷念那些

撥弄算盤的鄉下會計

四野是他們昏暗的房間

——加減乘除的過去

黑白膠片充分

美化了他們，直抵反面

這樣，刮著雨

像蝴蝶用雙翅

給公里數打叉號

平時，它伏在窗前

懶得眺望，安靜如小女生

是我們之中最嗜睡的一個

在深度的睡眠裡

剔除體內的狂躁

當我們祈求糟糕的天氣

會有一個好心情

它就剪出扇形的前途

給我們看，並折返於

90度的最大值

它的存在相當於格律詩

大多數時間和人群忽略不計

2003.5.7

一隻野兔

麥子收走了，
土地如果能盤腿坐起，
也可以吸袋旱煙。
樹影一排，麥茬十多畝，
它就一隻。

為把它請入這首小詩，
我反覆調焦距。
近了——過實；
遠了——太虛。
它弓著背，小心
控制著小腿的表情，
不至於急促，也不至於僵死。

2003.6.12

明月夜

還是窗外的土地

還是我

擁擠在這個窗口

它的體味是兔子的

也是大葉女貞的

剛翻過一本詩集

說男人不該看月亮

可是，我的臉沒畫欄杆

即使有，月光

也能用一根虛線

將我牽走

坐在麥垛上

千百個自己多麼擁擠

我已經很擁擠

我跟它們不一樣

跟自己也不一樣

沒有兔子的體味

也沒有大葉女貞的馥郁

轉身，想跳下去

本來我就沒在麥垛上

為什麼我還要跳

並彈回來，保持原狀

2003.6.14

一陣雨

一陣雨要將北窗拿去，

賣給南風。

我換算著轉手之利，

所剩無多。

南窗閒在那裡，

沒一點事兒，

它的臉皮依舊，

不給雨一點褶子。

於是，我給傘兵打電話，

讓他空投計算器。

對氣象臺說，

這可不是十分錢

訂購的資訊。

一陣雨過後，

每一朵雲都像希臘，

斧頭和電鋸

只能證明：

我們之中有一匹木馬，

運往特洛伊。

2003.6.15

自問自答

為什麼不瘋狂？
我有理由，我有自己的藥劑師。
我克制，在被允許的範圍內，
偶爾越界也是快活的。
不然，我怎麼會與你們在一起，
不然，我會和他們在一起，
——我的兄弟姊妹。
當我還會說「我們」這個詞；
當我還在說「我」這個詞；
只要我還能分辨
「我們、你們、他們、自己」，
我就不會幸福，也不會瘋掉。
我不得不生活，不高於生活。
我寫作不因為我快樂，
也不因為我不快樂，
就像快樂這個詞無知無畏，
它和痛苦源自同一洞穴。
而我並不開鑿山洞，
我只汲取屬於我的那份兒渺小和偉大，
然後，將空藥瓶留下。

2003.11.2

有生之年

下午的陽光有智者的溫和，

它也老了，我說。

走過楊樹林時，我想到了

無用的智慧，就這樣

直挺挺地傻站著。

一排排，一行行，不猜度別人的心思，

不幻想房樑、課桌、槍柄、鏡框，

更不做實用主義的新郎。

陽光梳通了它們的血脈，在它們

稀少的頭髮上，鳥雀像漂亮的髮夾飛走。

在我有生之年，我也要像它們一樣，

更加挺拔，更加無用。

2003.10.19

我和你

—— 給 wang yan

夢境是這樣的：

幾朵雲浮生，將你名字裡的翅膀沒收，

我和你走上泥漿四濺的馬路，

你伏在我背上，還在飛行。

可以認為泥漿是一種贈予，廣大的泥濘

命令我脫鞋，向它致敬。

涉過馬路，一派雪野。東北才有的積雪，

腳下發出鼯鼠的咯咯聲。

這是大興安嶺的雪，我對你說，醒來就會忘掉。

那片挽留我雙腳的泥水

已經注入墨水瓶。我和你並肩走，

向上的路直抵山腰。我說，再快一點。

當積雪從我們的腳下撤出成本，

我要勇敢地給你一個吻。

2004.12.17

一個秋日下午

這時，會飛的泥土是隻灰斑鳩，
光線解析麥苗的墒情像個牙醫。
蘆葦模仿鵝毛，逆光中，
鄉愁飛不出半步。

龍柏映掩舊墳，小路投射
分行的樹陰，將思念編入蒲草。
而農婦不解小河的新愁，
對魚兒的月經一無所知。

終於可以休息了，一分鐘
喚來幾隻七星瓢蟲？
棉花爆開，棉籽在新被裡等待
——那一聲撕心裂肺。

2004.11.4

變天記

狂風可以颳走樹上的昏鴉，
卻不能掏空我構建的
鳥巢。它可以搖撼
一樹的玻璃，甚至砸爛
取景框，也不能拿走
杯中發燙的詞句。
我寫下：「風兒，隨它去吧。」
它卻不走，停在這裡，
給夜晚一副可憐的形體。
還有雨，垂直，交叉，
密謀於本地氣象部門。
我彎下脊骨，翻撿一天
來不及分類的事物。
在暗街旁的七樓，
隔壁，永遠，近在咫尺。

2004.10.20

昨夜的雨

昨夜的雨耗盡了氣力，
今晚，你看到了抽噎的水窪。
本想拐進樹叢，又怕兩腳
拖泥，只好作罷。然而，
你聞到了一縷桂花的香氣。

林間傳出人語，在蟋蟀和灰鵲的
包夾中，突然密集的霞光
伸出千佛手要將你拉過去。
「親愛的，我屬於你，
從你懷中溜走的人是我的兄弟。」

2004.9.16

兩次彩虹之間

兩次彩虹之間，他燃燒、熄滅，

冰涼的雨水滑落褲腿，為腳弓上弦。

他跳窗，越過矮牆，

尋找那把走失的雨傘。他想

合上湖面的秋波，

做一枚蟲牙咬過的書籤。

他在泥水中辨認，他的替身

——仰面酣睡的泥人。

他憨笑，好像女媧用手指捏他的臉蛋兒。

為一個人，一件事，保持凡胎

入爐前的溫度，他不再羨慕自然。

2004.9.5

強迫症

窗外，行人拖走影子，

緩行的車輛和他沒一點兒關係。

他望著十字路口，紅燈綠，綠燈紅，

玻璃反射店內的男女飲食。

他在慢慢地吃他自己，時間

如古老的鱷魚潛伏在他的腸道內。

輕音樂，棉花團的那類，一點點往外掏，

他未被分解，只是有些無奈，

如果舒伯特坐在對面，你會給他一份薯條嗎？

沒關係，那就不要強迫自己

與時代、生活和傳奇發生任何關係。

一個拾破爛的婦女拎著蛇皮口袋

打窗前經過，他的手指像她手裡拿的耙子。

他的強迫症又來了，

一遍遍地用紙巾擦手，沒人注意。

2004.9.10

敬畏

夜風漸息，摟住一棵泡桐，

那無中生出的有仍劃歸無。

警笛折下柳枝，枕著窨井蓋，

夜的祕密不便托出，

保全下水道獨身的蜥蜴。

它的體格依然龐大，襯托我依然的小，

小過一粒米，一滴水，一顆奮鬥的豌豆芽。

你聽，一雙筷子在街面疾走，

它們談論著，家才是最好的大飯店。

我記得，掛在樑上的籃子觸不到我的手指，

飢餓迫使我長高，而誘惑像麵包，虛無來填充。

同樣，我也渴慕繁星，沖一杯不壞的奶茶，

我就感覺自己的鼻子跟它們走了。

這樣，我就不必驚詫，

麥田尖挺的墳丘依然提供冥想的乳汁；

每一座不吭聲的碑都忽略了生活的瑣碎；

對無意義保持敬畏，由衷的。

2004.4.23

細草間
——給耿占春

他眼睛裡有隻羊，

他眼睛裡，我們都吃草。

而草呢，吃露水、羊糞、滿天的星斗和柵欄。

我們都是哺乳動物，吃羊奶牛奶，

卻不喊她們——母親。

我們還愛喝晨光，蛋殼裡踩腳的白晝

和光波中長短不均的荷爾蒙，

每個人都得到一小塊滿意的方巾。

我們都不看北方，

不看野火下的白居易、馬齒莧和車軲轆。

我們給古詩塗清涼油，

在他的眼皮下放一桶清水。

2004.3.30

健胃操

我捂著胃走上田埂。

我的胃空空，麥茬尖挺，

頭頂陰霾，雨量在預報中減少。

種子在成為種子前，

要上訪，呼告，給雲層貼大字報。

我捂著胃，捂著麥茬的尖銳，

吃——曾是我的原罪。

我的胃又一次空出了我，

我想把它翻上來，用耙子耙一遍，

點玉米種，上化肥，

將身軀隱沒於豐碩的顏體。

我就不再滿足於痛和空，

而是與青蛙王子一起跳入溝渠。

2004.6.7

紫花地丁

她的小心裡有別針，袖口套著家鄉話，
補丁上的小眼睛眨著凡塵。
她這樣解釋孟郊的工作：
貧寒中詩人也會發燒，
不如提前打點滴。

她在你看她的眼神裡請求：忘掉，忘掉，
那不愉快的——
渺小感。自私。傷痛。無助。
只輕輕縫綴一下嘴角，
你便有了微笑，修復微笑的功能，
在人間何處無芳草——
蒙娜麗莎神祕的中學。

2005.3.24

閃電須知

五壟蔥綠如共青團，
偷開的小菜園殷勤，
恰似鄰居李二嫂。
傍晚，向日葵低垂，雨燕
在肚皮上行酒令；
豆娘和蜻蜓熠熠生輝，
目光停向湍湍激流中的一艘皮划艇。

2005.7.29

地雷陣

路燈下，一群西瓜像帶引信的地雷，
他悶坐著，還未爆炸。

街頭是枕頭，蚊子是老婆，
他的血液在不知情的情況下被掉包了。

我在燈下黑裡揉眼睛：他是如何
將他的忿懣通過他的手藝培育成西瓜？

2005.8.4

美德其所

田野多美，美德其所，
拖拉機像莽漢他表哥。
細翻舊賬，盤算麥種，
七個鼻孔出氣舒服很多。

三輪斗裡年輕的母親，
懷揣三色的雛菊。
泥土的油花鬆開犁耙，
捲舌音在高壓線上波折。

露水夫妻，螞蚱生活，
他一溜煙乘摩托車而去。
不時回頭看墳頭蒿草，
朝蒼柏低吟一聲「老伯」。

2005.10.20

深秋，慢板

每一張落葉的便條都在說「再見！」

我的意識裡沒有冷字，

可手腳卻拼出了它的筆劃。

雨慢得像手桿麵。

一慢心境，樹下無陰，心裡打傘；

二慢長夜，長過建設路，可增設幾個協管員；

三慢自行車，跑在年齡後面，

年齡不能剎閘，沒有人希望它突然停頓。

凌晨，城區收穫落葉六十噸，

虛虛實實將我的感歎埋沒。

Ｋ來電話，說他孤獨，

我們的孤獨加在一起並不能擴大內存①。

我不期盼春天提前，

而是要將每一天都過得厭倦。

2005.11

注釋
①內存：即為電腦記憶體。

2006-2010

穿過繁榮街去席殊書屋

做舊人須忍受新的蠱惑，
垃圾也自詡時尚心得。
400米商業蹲一個公廁，
東西便宜得不是個東西，
暴利才有理由假扮村姑。
好在看是一種看不見的支出。

天氣還有女友野蠻的燠熱，
陣雨來臨前與肌膚新婚小別。
翻書順便跟老闆聊家教，
三位新店員像一窩小喜鵲。
海粟說，悲鴻不忘師生之禮，①
繁榮街本姓諸葛，廟已無存。

2006.8.26

注釋
①：見劉海粟《藝術叛匪》一書中〈懷念悲鴻〉一文。

自嘲

因為……厭倦，
不可省略的蝌蚪眨著小眼睛。

電視炒剩飯加鮮雞蛋，
所以……牽引第四節頸椎的緋聞。

外線工抒發爬線杆的情緒，
在配電房脫衣，抱緊失眠的閘刀。

因此……電扇隔著土星旋轉，
為宇宙觀掃描虛汗。

於是……無聊人吃生蒜，
公安分局漂亮的大樓立刻警覺。

所以……蒸汽機多拉快跑，
還是社會主義晚上好。

如此，笑聲才是內旋的筆屑，
變壓器像小學生的書包嗡嗡叫。

啤酒商的抱負啊，

批發給星星點點的礦山洗頭。

2006.8.22

一封平信
——給河西

田野似一封平信，樹木落款處，
鳥群，也許是落葉在轉晴。
無人相看，內外
臉貼臉，雜念如在衛生間。

為什麼黃昏偏袒肉紅色指甲，
而不加理性批判？
傷感構築富人的別墅，
蚯蚓卻低頭不見。

思路已散，散文豪華的大巴
抵不上疾走的韻腳。
愛上黃昏約等於和晚年
調情，無性婚姻。

不是草墳靜坐式微的人，
不是林木可以分身。
水窪比眼皮更機敏，
一個側光彌補事物的灰暗面。

這些意念的家具組合得出
結論相反的思考面積。
每盞燈，每張臉都在相互打探，
你是深淵，我已經開始讀秒。

2006.10.24

時裝店裡的金魚謀殺案

她的自由是自助遊，
臥室像開口控訴的燈泡，
3/4液體溶解悔恨。
她的缺氧狀態路人皆知，
汪探長做案卷分析時說，
她具備自溺條件，
卻死於無人指控的他殺。
你的臉寫滿姑蘇，像一船判決書。

2006.12.15

軟弱

坐在傘葉上，說幾句瘋話，
雨點的斷線接通，
表達無遠近。

雨外的人熱感冒，急於發言，
又找不到消過毒的話筒，
所以關閉了聲道。

青蛙壓扁在車輪下，
肇事的眼球一片昏花，
雨絲中斷，接線員在讀瓊瑤。

握傘柄的手猛然抽搐，
我何以得到庇護？堤角上，
柳絲抱住波濤痛哭。

但我沒那麼做，因為冷漠
穿著體面的制服，在每個傀儡
前面，我放一個積木。

2007.7.26

站在野兔這一邊

佇立或撲倒的這些天，
出家的熱情大半已還俗。

我站在野兔這一邊，
合上綠野層疊的仙卷。

玉米的排比句勢，
止於脫粒機的配樂朗誦。

房頂，一小片金黃
換算四周埋伏的灰暗。

南京未曾讓我心悸，
書店向五臺山內部延展。

薇依沒說兔子因為奔跑
而超越了獸性，

這念頭絆倒了石頭，
我們撿起善惡的關係。

美首先是一架客機，著陸前，
清除跑道上的雜念。

這是一個信號在盤桓，
我們在塔樓上，不曾動搖。

2007.9.13

慢

1·霧

她生氣的樣子和影響力，
加劇回憶的慢。
汽車在短視鏡裡看不清
前進究竟有多近？
被叫停的遠是否比狗的音域還寬？
決不正確和正確處於同一煤層，
就像兩公里外的矸石堆
被削平，和平過渡，
不再是義憤的大墓。
你曾譬喻它天天吃鈣片，
香火卻在別處，與高度無關。

2·雨

失望穿著棉衣，
作為替代品，她的化妝術
讓人生疑。反對暖冬的人
並不都是冬泳愛好者，
即使下雪，他們也會咒罵純潔。

雨更直接，承認自己
雲彩眼裡揉沙子，
缺點比滿天的繁星還多，
你才感到羞恥。

3 · 風

希望是乾燥劑，
徘徊在背陰處，等待
想像力的手指提取。
你不給想像打高分，因為，
它是你的想像（附屬物），
層次較低。除非
不可預料的東西突然闖入，
說，我不住在這裡，
或我原本不在這裡／這時，
既不能出示證據，
也不能像氣象學家那樣
解釋它形成的原因。
我是我的漩渦造成的損失，
韻律只對他人有意義。

4・雪

假想敵。

我和她有一場搏鬥。

藐視。

她看不上我這頭公牛。

委屈（無奈地）。

她被家庭瑣事拖住了。

提前表白：

我根本就不是她的對手。

在她出手之前，

我的腳就已經凍傷。

這決不影響我心中的唐突，

微依說，矛盾是塔尖，

我可以倒立。

5・山

不滿意達成共識。

左側——櫟樹字跡清瘦，

右邊——湖水攪動名詞，

為同時讀到它們，
必累積石階並除以虛汗。
當我疲倦如薊草之墟，
拄著松枝來此，
馬兒已經脫開象形之骨。
「我自身並無上升的原則」①，
為什麼我還要從城市
爬回洞穴？石頭優於我，
快樂有等級。
數學家用公式推算
這種完美，不高也不低。

6・城

身體和身體抄近道，
靈魂和靈魂出遠門。
樹和枝掰手腕兒，
水和誰辯白？混濁做裁判。
牆和角堵氣，人工旋風升級，
然後分離，就像善惡。
這裡也和那裡，

當地也和本地和外地，
身分測定語速和偏見的夾角，
剛好放下一輛自助車。
性別不再特別，除了產假，
我未享受過。
下水道私通小河，
樓和樓外樓像連體嬰兒，
敵意也貌似。
每天每個人都在出版自己的
單頁報紙，尋人啟事。

7・舊

無論音律或是衰弱脫相，
以及時間的非禮貌上，
他都像一個人的未來
派遣到你的過去，
從事非暴力、間諜活動。
他是娘家雇用的偵探，
對蘿蔔的氣味和形而下嗜好
有福爾摩斯的反應。

8·夜

熱豆漿和茶雞蛋輸出

夜色的體態，

一個婦女腳踏車出現

在螢幕左下角。

你正在詩行間除草，

合併同類項。

你要將她推出窗口，

從樓上繫下一只保險的籃子。

告訴她，你的需要，

與她交換人間的冷熱。

對她說，詩行裡的草

不能餵牛餵羊，壯大讀者隊伍。

溫暖人心的買賣，必須

一對一享用。

9 · 陰

我為這個表情而活著。

我確實活在表面——
毛細組織，蚯蚓合作社，
雜貨店人性化的飽嗝和女主人
搔癢的肘關節。
齒輪帶來認死理的好運，
生產線上的妊娠反應，有產者
浮想晚年的帕金森風格。

我從指甲提取鯨油，
漩渦裡搭救沉船的好名聲。
我總是有用，懼怕一次性清賬，
無論你，還是他（不可能），
生命是否被一次花銷，
勝利的濫調仍以電擊的方式
誘人受刑。

我就囚禁在自我的欺騙之境，

自我之後，天空放晴。

注釋
①摘自西蒙娜·微依《重負與神恩》。

2007.12.29-2008.1.10

山中

山中，一個人講座，

老虎無意識。

拂曉下過雨，之前

兩位小說家烘烤反潮的內衣。

一個爬回史前取火，

一個在深谷肢解螃蟹。

你問，怕過嗎？

我沒有免於恐懼的自由，

用過的紙杯丟進垃圾筒，

斜視。唉，

我也是客觀主義，「沒有物就沒有思想。」①

杯子嘀咕嘴唇的話把兒，

被說出的病菌和茶垢繁殖。

雖然在你那裡，

老虎不再象徵自然權利，

僅僅是一些手工縫製的花紋，

可你依然感到大山深潤

痛經一般的戰慄。

注釋
①威廉·卡洛斯·威廉斯語。

2008.12.10

黑暗前傳

光線優柔如衣櫥裡的舊物，
針尖的嗓子穿透夾層。

那裡，大象讀書，蟲子在蓋房，
轉暗的山色和鴿子的

翅膀正在政治協商。
鴿籠總是客氣地向外洞開。

那裡，枯坐的幹枝寫著繁體字，
麻雀陷入對部落首領的猜測。

我的不懂跟讀懂一切的刀刃一個班，
切開瓜果，再也不能重逢。

那裡，小一號的沙丘像世界的掩體，
仙人掌求偶的方式讓鴕鳥癲狂。

2009.1.19

局限之歌

鴿群洗刷低空，

十遍二十遍，我們還是囚犯。

我們自身越白淨，越像污點證人。

可不可以這樣說，

我們越自由越信賴侷限？

可不可以那樣說，我們越侷限越能

過上鈔票的上游生活？

這支本地的船歌不悅耳，

但免除了長途勞頓的過路費。

剩餘的比賽，目的是大墓，

獎品是金柵欄。

可不可以這樣說，我們

越是做惡夢飛得就越高？

帶著我們的毛刷和主人的山羊鬍。

我們也被各地的地主夢到過，

我們飛越人肉氣味濃烈的邊界。

可不可以那樣說，

我們是被嚇大的，被馴養，性誘惑？

在本能之上，太陽的項圈

牢牢地攫緊我們的腳筋。

只有詩人還在樹陰下讚歎，

這囚徒的舉止高貴，忘我。

我們並不痛苦，也不佯裝快活，

我們只是人們唇邊的口杯，溢出的茶話。

囚徒的幸福感就在於即使掙扎，

也讓你看到他的放棄

多麼優雅，不可比擬！

2009.5.5

在李商隱墓前

這墓地多少有些心虛，
考究的話語雖分歧，但有村莊
舉泡桐和楊樹的手臂。
這裡即千里，
野花入典，一朵務虛的浮雲
停在麥田的賬表中。

相聚不深，別也淺顯，
電時代，詩的交往如噴氣式。
比這更驚心的小浪底，
波峰的每一時段已被嚴格監控。
我向你虛擬的死拜了拜，
即承認情願是有機的重複
和豔體詩的挪用。

我一直在想，除了書籍
沒有更好的封土能安頓詩人的魂魄，
除非這墓地會喘氣，
唇齒如兩扇閉開的門，你像月影
一般來去。在商場，飯局
或夢的新廟宇，剛剛結識一個人，

而我並不能斷定，他是不是
可以做一分鐘的朋友。

2009.5.5

惡　　　我的心扁平，收割後的麥地

集體的單簧管等待

二次覺悟。小麥吃到肚子裡還是餓，

不是腸子半夜雞叫，

是蛔蟲在倒算。三十年，

它長成一頭少十根肋骨的恐龍，

遺忘一段一段脫落關節。

我讀書，書就吃我的眼睛；

我走路，路就軋我的腿；

我剛一上網，便被蝴蝶捕捉。

我聽廣播，畫外音就剝我的皮；

我看電視，裡面的人就搖我的手；

睡覺前，我一直在吃後悔藥；

我喝水，水揶揄我的鼻孔；

我爬山，樹木就砍伐我四肢；

我工作，不能不工作，齒輪在四季咬合；

我寫字而不能成句，

我不希望被戴錶的人理解。

我小心守護著泉眼，別噴湧，

我憋悶，受夠了，

說過多次，就好受一些，可還是不行，

此路不通，我的遠方在施工。

我想和死者聊聊，說話不如培土。

我的意思是，每一種死亡都是虧欠，

對應舉手帕的活。

借用麥田集體的單簧管，

我想吹奏出最後一個音：惡，

秦腔裡的「我」在壯大。

2009.6.9

法海禪寺路上遇村婦

我似乎知道你，你的代數，
你似乎也知道你是可以被除盡的。
這似乎之間，
家國升騰她的美霧。

我在兩個世界心跳，左側懸崖
好像毫不知情。
擦身而過的汽車能將你的
褶皺全部擦掉嗎？

曾幾何時，我想過你似乎的生活，
雖然我也在似乎中飢渴，
但你的似乎和我的卻不苟同，
你不掙扎，而是把繩子交到我手上。

我在這首詩裡綁架你，
似乎這不大可能，但求你相信，
沒有人曾經解放過你，
真是這樣？抑或是我得了妄想症。

2009.7.21

**自
省**

缺少一次行動，在愛中仍缺乏愛，
全部失敗中仍缺乏失敗。

愧疚不是碼頭上的風景，
後悔是從泥土中冒出的銀行。

你是自己的省份仍然化名。
也可能是一群自我，寫匿名信的波浪。

2010.9.7

傳奇詩

鷹在那裡，
就是欠缺感始終存留，
充血的瞳孔提取不安的鑽石。

鷹沒有遺產，出租目光的珠寶店
只培養近視。
在與懸崖的租賃關係中，
鷹總是備受折騰的一方。

鷹不在這裡混日子，
其中的原油有待開採。
向下的追問一旦開始，大地不得不接受
錐心的穿刺。

你低頭走在腳趾上，
像C，卻沒有C音高。
鷹早該解雇這種處於飢餓和無政府狀態的
傳奇詩。

2010.10.5

哈爾濱

去年的這個時候，在哈爾濱，
我和空心的教堂照相，
走在向下和向上的石頭中間。
在果戈里大街，我看到
荒唐的影子在解讀我的焦慮。
我理解了我對故鄉
荒謬的愛，與蕭紅不同，
她的故居與她淘氣時
被祖母刺痛手指的尖叫不一樣。
坐在岸邊，看著松花江，
太陽島就在對面，我決定不去看它。
我認為後悔總在行動之前，
形式可以離開內容，
被短粗或纖細的手指填充，當然，
嚴肅的舉止更加可笑。
是的，你可以擺佈內容，
但精神不在其內，
外表依然在風格的追問中轟鳴。
這樣，我的沮喪
便有福了。原本我是衝著實處去的，
落空未嘗不是心得。

沒什麼在等我，是的，是的。

你喜歡積極的否定？不，不。

我心中有兩個半月亮。

2010.8.24

比喻

我克服了風，
像我克服了心中騷亂的情緒，拋開了
枝節對整體肉麻的讚歎。
我克服了作者的櫥櫃，房子是房子的抽屜，
過去是對晚近口吃的糾正。
永久牌自行車取代高速公路的勝利，
或者勝利者必須勝利的抽筋，
而我不是。
我克服了風，傷寒的文字，
文字也克服了我的感冒，
就像李白克服杜甫，抒情詩
克服史詩。
我修改了風向，刪去了期盼已久的雪，
讓掃帚在門外苦等。
我修改了等待，
延遲奇遇記的發生。我克服了時間在句法中的
排序方式，閃跳挪移，從謝幕寫到開場，
這並無新生，
由死到活，事件的棉花喜歡倒敘。
以倒播的手法看，
雪是從地下落到天上，可以治療頸椎病，

雖然療效有限。

我在有限中克服了無限，

澄清一池魚對數量和體重的苛求。所有的魚鱗

離開了魚身的閃爍其詞，

我都加以除法的克服，也在樹陰裡投射苦笑，

自嘲是對影子的治療，

就像遲到是對準時的揶揄，宇宙間的

遊戲——規則尚需創建。

我克服了具體的一個個小城堡，

在每個困難上插一朵玫瑰，

從危機模式的詩歌中撤離。以不對克服對，

主題是對反應機制的羞愧。

因此，還應該進一步克服下一步，

如同蟲洞吸收廣義的道路，向我身後的

啄木鳥湧來更多健康的樹木。

我病了，我的所得正是我希望失去的。

隨時隨地，每一片樹葉都是陽光的大床，

我躺在上面，克服了國家地理個人面積的不均，

想像力的不收費的服務。

2010.12.17

2011-2014

泥瓦匠

晨光挑逗鴿子入夥，粉末愛上泥瓦匠，
他們砌一天的波浪。

養鴿人巧舌如簧，「你好！鑰匙。」
他剛吞下糟糕。

自由的思想在牢籠內，而不在天上，
鴿子從不承認被解放。

太多的被迫起落，它們更願意像機關食堂的
廚子一樣發胖。磚頭勉強同意這個看法，

就是說，鴿子不胖，籠子不會主動瘦身，
誰是推倒重來的波濤，誰是泥瓦匠？

2011.1.9

零公里寫作

一個時間暴力主義者，
所有的路歸所有者，逼側走向蒸發的
資產和腐爛的原野。
遠方，無產者的牆是看不見的戰友，
也可稱為解放的力量。
道路最後交付給天空引申，
空出——唯一的動作。

不必追尋盡頭，或者盡頭已經消失在心頭，
我們消失在可見光處。
消失是一首流行詩，
每個星期上座率一次。

活人的態度將影響死者，
這樣說，不是路的事物影響了人間正道。
零公里的敘述者
不等同於零度寫作。
吃盡苦頭和盡頭，做個本源的祭祀吧，
富裕即缺乏，也是這首詩不可能

完成的內因，因為
沒有一個設定或預知的讀者是完成式的。

多好，就是說天缺一角，你搬來書桌，隨之傾斜。

2011.3.2

清明焦山晚醒圖

鳥鳴引領我的分頭，
樹丫緩緩從一個缺口探出
——光頭大眾。

連翹的細枝滑落更多苦舌音，
茱萸還要一個夏天的加熱
才會憋紅你想要的
——肉和子彈。

「我有一個被羈押的未來。」
拐棍拄著一行崎嶇的盲文。

2011.4.7

沙溪，一些倒影

有些想當然，水是水的獨聯體，
偶爾也會躲進房間啼哭。

拱橋是對駝背的挪用，另一個半圓
不行人，卻證實了行色匆匆。

我的逗留只印證了我更多的不在，
針在心尖上刺繡。

你在的時刻才會有不在的幻覺，
就像槳葉划開雙手。

孤寂感，有時是薔薇挑開窗簾，
踮起腳後跟的那一幕。

一會兒是茱麗葉，一會兒是林豆豆，
她們的錯誤不是時差，是包廂。

活著就要向大地繳納投影稅，
養活牛鬼蛇神。

倒垂的房子並不深入，流水替它表述
遠方──眾多的親戚。

這首小詩只是臨水木窗上的一個蟲孔，
光陰攜帶鬼針草和艾炙。

它仍是精確的上午和下午，甚至
是不曾露面的主人，你在小街上碰到她。

2011.6.2

象

徵

你忘了剛才在路上撿到的一句話，
以為自己還記得。

落葉提醒，不再象徵、比喻
可以嗎？
火的形態──已經厭倦了燃燒，
街口，炒栗子的人讓你想到黑熊，
熊熊燃燒……滿意了吧？
痛嗎？落葉會這樣問嗎？你在搓衣板上
會問衣服痛嗎？
乾淨是一種痛，痛是一種快，
快樂預示著它是一種短期行為，
被泡沫帶走。水──
快樂嗎？乾淨是代價，
是水表默默的讀數，你在水表上走，
計費的生活在暗地
熊熊燃燒……水在沸騰，米在犧牲，
一會兒要去打鐵，你也會像嵇康一樣通紅。
那句話總要失去的，
梧桐在路上提示，去吧，
誰都會離開的。
也許只在城裡，落葉才是非法的，

它不能集資一個家。黑熊也會這樣想嗎？

在它掏洞準備冬眠的時刻。

2011.11.12

傳記與飛蛾

飛蛾：你喜歡博爾赫斯嗎？
非我：博爾赫斯喜歡女人嗎？
讀者，博爾赫斯渴望成為
貼馬賽克的讀者，
拼圖猜謎的讀者，
揭掉馬賽克、查字典、喝紅茶、
在五十頁和五十一頁間夾銀杏葉的讀者，
就像馬克白的莎士比亞、失身於杯酒的杜甫
和唐璜今日的生活。
詩不等於生活，
詩不等於不生活。
反駁詩的目的在於在詩中反駁自我，
自我沒多大意思，他不能獨活。
兩月前，你還沉浸在圖瓦人的樂器楚吾爾裡，
出來後，你就是一匹音符拼湊的馬，
跳著大神，繞開篝火。
雪之外還是雪，這個世界沒有中心，
除非你佔有你的崇拜。
博爾赫斯回憶我們，如一片結冰的湖面。

我們誰都不是，沒有自我，

如此，你才有可能是博爾赫斯的傳記作者。

2012.2.16

配角

沒和馬兒拍照，

我對不住自己，再對不住一次。

摸著牠光鮮的皮毛，比我的面料好。

牠七歲了，是個聽話的孩子。

「別逗我，不和牠拍照。」

誰是誰的配角，還真不好說。

我打過孩子，也曾經被打過，我們的教育，

老夫子是一坑馬蹄踩過的泉水。

謝謝，你沒拿鞭子，一根筋的想法幾經坎坷。

「騎上牠？」

「不，不試試。」

我這樣婉拒近乎本能的邀請。

說實話，我無法和馬兒單獨相處，

我也不轉喻相似的奴役，

太多的小飛蟲談論感激。

我心底沒有反光板，
在別人的鏡頭裡找不到英俊的未來，
然而，喜鵲知道後天發生的事。

2012.3

魯山夜話

說，更多的沉默找到了委託人，
更多的嘴唇如合同。

從這裡到那裡，心是一粒米，
只為換取鳥兒的簽字。

上衣在飛，還有褲子，那些生輝的
毛髮，見過史前巨獸。

說到痛處，溪水止不住懷舊，
細草梳理她新生的髮辮。

餘留一些空間，腳趾夾住泥星，
如同夾緊真理的器官。

昨夜，胃裡的酒談論著新詩，
話說回來，誰沒有罪過？

不，不是你。否定似一把鋸
割出朦朧的雙眼皮。

飲用自然，口吃最有發言權，
石頭懂得人類煙薰火燎的習性。

在豹子曾經坐過的地方，
沒有保健醫生前來巡診。

當疾病談論我們的時候，
我們沒有肝膽。

我們越是害怕，就越是背剪著手
在道牙上走。

不是動作不自然，是我們有
愛找麻煩的樂觀。

希望早已羞於見人，
所以，要用語詞的迷宮圍住它，

就像一隻瀕危的野生動物
等待麻醉槍的召喚。

這些沒有說出的話語知道

我們究竟是一群什麼樣的人。

2012.10.24

你和你

──為樓河而作

你和你，不經常在一起，這不意味著
分開的那個不是你，
留下的是你。
轉移一下視線，花朵在社區外紡織，
心房不好意思說她住在社區。
這個世界沒有別處，但你可以說
你有兩個世界，互不反映，
偶爾做個鄰居。

只有數碼相機裡的人認識世界，
而世界不認識他。
這並沒有要他的命。你和你不在一起，
但愛一個人需要兩個你。
如果還不夠，幽暗的儲存卡內
還有許多個貌似（你）在小路上踢石子。
為縮短鞋和鞋的距離，
花朵願意奔跑，穿過這片招秒的空白。

2012.10.30

一個待用並喜歡被注視的扮演者形象

他站在你身後，
沒有人將他像西瓜一樣請上臺。
這時他是人群的夾心餅乾，
可恥又輕狂的甜心。
有人過來與他打招呼，
是因為角色還是他的自然屬性？

說他不像他，是誇獎，
說他不是他，是欠揍，
娛樂大眾，新的蠱惑，
這樣的恐懼或變形有些低能。
還有一絲可恥的高大
在視線裡作祟，套用過時的話，
千百個小丑爬起來。

「暴君已經死，誰替他不停地翻身？」

2012.10

煅煉的人

忽略細節，肩膀才能走寬。
嘀咕在附近下蹲，
排虛汗，
小麻煩如落葉擠做一團。

肉在貪吃你的青春，
世界觀也不准了。
條件和你談它的信仰，
不接受就打腫臉。
你點頭，這是人來瘋的世界。

你同意這個世界由瘋子領導，
傻瓜們去奉獻。
你曾經是走在前面的那個瘦子，
黑影一閃就進了牆體。
你追不上他，第三人稱已經跑遠。

2012.11

看不見天鵝的天鵝之歌

她在躲，躲入濕地的粗腳趾，

長河的膠片黏連在一塊。

我們扯著煙兒奔向遠處，走著走著，隊就成了錯落。

箭頭在轉彎時偏向分頭，

在河南或河北，這並無難度。

那紅死的草人，燒焦的草人，吃著殘雪，哼著冷風，

就像天鵝抬著擔架從胸悶的斜坡上走過。

失望如一枚曲別針別住鼻子的酸水，而後背正掙扎

出翅膀的雛形。

誰相信天鵝是自我就更加忘我，

野大豆忘記了擔架上抬著的正是一枚失去記憶的

　　彈殼。

2013.3.9

拔釘子

你在雪松上拔釘子，
邊拔邊問，痛嗎，痛嗎，痛嗎？
你只會說人話。
放鬆，放鬆，放鬆些。
幸好，這不是你幹的。
你邊拔邊問，誰呀，誰呀，誰呀？
你推測那個回音可能比你蒼老，
也許比你還年輕。釘子知道
進一步就能抓住觀念的青煙，如同一棵樹
抓住白雲上的機場，
偉大的錘子一直在激勵無產者，
就像鐵鏽抓住了榮辱。

你在雪松上拔出一枚釘子，
還有四枚深陷它的肌體，其中兩處
流出樹脂，如微乾的淚痕。
傷口一直養育著釘子，用最好的補品，
就像人民養育她的仇敵，
不僅僅是好吃好喝地供著，
每天還要念叨，你小一點了嗎？
更舒服些了嗎？還是昏死了過去？在念叨中

釘子可能忘記了硬，

以為別人的國家是自己的親屬。

你徒手只對付了一枚釘子，而雪松忍受了多年，

你發現這枚釘子還能繼續做夢，

但還是把它扔進了嶄新的垃圾筒。

「來，拍個大海」

「來，拍個大海。」她坐姿齊整，三分之一浮出水面，
鷗鳥的凝視越過海桐碎片的複眼（複眼中伸張的小手
　　稚嫩），
偉大的回車鍵呼籲換行，彷彿身後站著一位惠特曼。

另一個惠特曼從海岬擠出胸膛，進入河南的音域，
乳房和童車同行，語言的奶嘴翻過山梁，
從日光整修的平原緩慢過渡到丘陵。你在樹枝上摘
　　櫻桃。

還早，不確定的一天，等於一生的一天還未到。
壓縮的大海在詩篇裡還是在集市上水果一般鮮豔？
它會壞的，很壞很壞的那種，像可愛、不馴服的女孩。

然而，她是海岬上轉折的母親，安息的嘴唇的祖母。
她奔跑，光線也會亂飛，閃出空地，林蔭遞過一把遮
　　陽傘。
而大海推動嬰兒車，生活羞愧於馬蝦獻身於烙饃捲。

還有更好的辦法在不法的城區生存，甚至不分東西，

第五輯 2011－2014／211

不分左右手，團結南北成一個人，你是否想過這個
　問題？
但大海不是洗衣機，她先於我，就像是獻身廣大的
　無知。

2013.4.20

野玫瑰偵探筆記——為臧棣而作

當初，我們沿著電話線打探花妻的野貌，
彷彿身體裡有一隻金錢豹在午睡。

太陽在石磨邊咬牙印，人民在大風中四散，
作為不發芽的種子也不發言。

這是多年以前的事發生在現在，有閒的磨盤階級
聚在一起比蟒蛇的腰還粗。

它們的聲音比糧食狠，每一天都是碎骨，
在燦爛中繁殖腐爛，就像蜜蜂書包裡貪吃的同學。

投遞一個篝火的夜晚，我們圍繞最低的星辰跳舞，
手找到了撥火棍，嘴唇找到了傾訴的敵人。

有人在夜裡聽到金錢豹敲門，敲錯了，
屋子裡沒人，只有舊衣服躺在床上。

其實也沒有床，而是四隻腳的想像。野漢在水井中
打撈倒影，沒有門的縫敞開了。

一直期待著這樣的野遇，山鬼一身刺撲向你胸口，
滿地星光縫補皇帝的衣裳。

這不可能的諸種可能在詩歌中流傳，以十二平均律
述說我們的巴赫，被時代的毛驢車甩在身後。

又錯過了花妻，或者說花妻捆綁了火箭當人質。
婚約猶在，我們的樂觀擁抱著偶然，

如同等待的時間一無所有，失望貌似希望的替身，
我們全部的熱情找尋離開我們身體的針。

2013.5.25

上行索道——為張曙光而作

向上，善惡同時發邀請，心還在履平地，
樹枝如紡，穿梭蟲鳥，機械的新郎板起面孔。

半空，我們談論著山下的鼎沸，東北、雪和防滑鏈，
防滑鏈是我後加上去的。你多麼喜歡漂移，
就決意不讓它發生。

坐姿牽引著雙腳，在空氣的壓力鍋中像兩隻粉紅色
　　的螃蟹，
不過是證明：「我在其他任何地方，唯獨不在山
　　上。」

我老實於沒有羽翼，為安全、擔心意外而不飛行，
羽毛的榜樣太輕太率，或互以夥伴為高枕，
從白雲中掏取可敬的後生。

我就這樣鬆開自我，抓緊一顆虛心，
踏實勝過好奇，恐高出於對向下的不可丈量。

尺度如打捲的舌頭，更好的發音在家中，更壞的
　　自己
視一切為床。作為索道協會的一員，
我以身體畫出深淵的臨界，

以慢讚美咬牙的快，探出的眼神、手指
述說危險相貌平平，空氣是一堵看一眼就會懷孕
　　的牆。

2013.5.27

為什麼是啄木鳥

為什麼是啄木鳥而不是書包裡的鉛筆向外看？

為什麼是鉛筆而不是鋼筆不可塗改的？

不可塗改的早晨，其實是上午九點以後的顏色，

我們讀到蟲子，而蟲子卻讀到啄木鳥，

對自我形態的譏諷？

為什麼樹的書包高挑、挺胸，而光線的視力極好，

把我們抄寫在葉背上，並留下一個

只有用老花鏡才能看清的QQ號？

為什麼是我們加入了它們的生動，而不是

我們生動了這個緩行的早晨，

就像機器不曾發動一顆蝸牛的心？

為什麼是蟲鳴讓我們睡了個好覺，而不是失眠如午夜

湖邊的垂釣，有一盞小燈的眨眼覺醒率會更高？

為什麼我們是鉛筆寫下的錯字，而橡皮總是對的？

為什麼閱讀是重擊、破壞，越銳利越有嚼頭，

而不是樹幹的忍受替我們懲罰了平庸並帶來新鮮感？

為什麼我們剛吃過早餐，就又坐在自然的餐桌旁，

彷彿懷裡揣著啄木鳥的介紹信，而不是我們

介紹一棵樹與啄木鳥相識？

這是一個啄木鳥講解的早晨，我們都沒有見到介紹人。

2013.6.15

兩隻燕子

眼皮翻撿出舊相機裡的新照片，
兩把魚叉相互投擲，空氣沒有躲閃，
它能躲到哪兒去？

春風抽出的腰帶，
綁架一棵樹走向另一棵樹，生活就是你和我，
其中一個要變成第三人稱。

北京還沒有燕子，
你和妻女在那裡呢喃了三天，窩也是租借的，
一口勇氣能夠居留多久？

這得問候新來的勇氣，貌似你們剛見過面，
在空氣中握手，安慰朧腫的小腹，
隔著腥味的雷達。

「我已經變為客體，不用尋找了」。
根在飛，許多人丟了戶籍，
最短的路在單槓上掛了半個小時。

2014.4.10

類
比

那是一張帶格的信紙。麥子寫道：
120天的一個規定動作的下午，一群人中的某個人
嗅到了農藥的氣味，這並不很特別，
關鍵他或者是你進行了
田間和詩行——噴灑農藥行為的類比。

麥子寫道，有效性其實比農藥味還刺鼻，
如何不偶然，按著氣候的手令，
把時間的抽象轉換到肉感的信箱，
或是妻子熨衣服的架子上。

一條小路搖晃著真理，甩動並不漂亮的尾巴，
但很質樸。停在丁字路口的大巴
大口喝著變了味的空氣飲料，
夠了，夠了。麥子寫道，

反常的情形下，文字具有抗藥性，
而令一首詩散發農藥味
就像為佳餚放入幾粒味精，口味會更自覺有宇宙性。

正如我們的芒在一群人中的某個人看來

是對父輩的一次反諷性的繼承。

2014.5.9

傍晚，路的反向

走上建設路，思慮遠未完工。破壞是很好的禮物
不在於有人需要，而是給予的熱情不減
當年即今朝
晚霞密封在烏雲的檔案館，你看到了一條縫
露出小袋鼠的前肢

低頭審視腳下的路，並不把它當作路
右腿的酸痛預示旱情遠未消腫
而另一個人在沒有水的湖底
練習蛙泳
「一個時代的結束，要允許自己和他人發出哀鳴。」

這樣的話適合送給旱鴨，它正在切換鏡頭
另一種場合，人們談論著天鵝
革命想到了你，青草的命
螞蟻的不惜命
你熱愛的生機一直掛著吊瓶

這樣的禮物也送不出去，但你知道，誰不要誰終將
　　擁有
今夜，沒有月光建設在破壞之上

你無須抬頭，迎面走來的眼神如彈簧

扔出一把把舊椅子

彎腰的雨點像在繫鞋帶：我的鄰居是一面牆。

2014.8.7

代跋　誰決定了你想像的邊界？

森子

> 漢語詩歌的原創力受制於我們有多少資源、空間，
> 多少經驗、多少夢想和實踐的能力。
>
> ——題記

當我思考全球化語境時，窗外傳來豫劇的唱段……它使我的熟悉成為熟悉的陌生，我不能完全聽懂劇情，腔調、韻味卻是熟悉的，有如此多的不知所云，但依然可以是動聽的。它與全球化語境有關係嗎？它是過去的那個時代延伸到今天的一點餘音嗎？或者它就是全球化的語境之一？

七八年前，我曾經陪同委內瑞拉的兩位詩人在鄭州專門去聽豫劇（這是他們專門要求的）。他們帶著旅行者的興致，來這個地方就是要聽到這個地方最具特色、最有代表性的聲音和表演。那是一個專門演出豫劇的會所，帶有保留、保護傳統文化的性質，演出過程中還專門有人前來給演員捧場獻花。當我們離開的時候，這個會所的經營者向我們索要高價……如今回想這件差不多忘了的往事，就讓我想到全球化很重要的一點即地方性，地方性是全球化的基礎，全球化就是從地方出發（人類從非洲出發，遍及全球），但看似地方性已經被全球同化為同一個村落了。其實，地方性並不矛盾於全球化，如果說它有矛盾於全球化的地方，也是全球化理論希望看到的，這是多樣

性向同一性的轉變，也是相同、相似中多樣性和差異的呈現，沒有差異也就不需要全球化。委內瑞拉詩人要感受的就是這種差異，這個地方的特色，他們像旅遊者一樣對此產生好奇和興趣，並以自身的文化經驗揣摸這種人類故事、情感表達中的相同與不同，至於為什麼如此，也許是由於人的本性所致，我們都愛慕陌生的新鮮的事物，在不同的事物中投入了自己；當然也可以從他者的經驗、表達中體會陌生的自己。然而，更明顯的全球化，我想應該是門票等費用，這家場所向人的好奇心收費，經濟利益、消費的全球化更加直接，你必須付出才會得到——好感、入迷或者是厭倦。

那我們付出的代價是什麼呢？是我們的古典漢語詩歌嗎？我們不再去寫陶淵明、杜甫那種類型的古詩或格律詩，雖然我們不承認我們本質上與他們有什麼不同，但我們的相似之處確實又少了些什麼，甚至是一道鴻溝橫在我們與他們之間，但我們還是他們的傳人。就偏私性上來說，這是我們的認同感在發生作用，這種偏私性上的認同感就如同我們與家人、朋友的關係，這是一個人的倫理基礎，失去了這些就失去了人賴以生存的根基。但我們是這個根基上長出來的不同的葉子，我想如果古典詩人能穿越時空的話，他們並不會反對我們什麼，而是要看看漢語詩歌到底發生了什麼樣的變化。當然這只是一種假設。

我們得到的又是一些什麼呢？比委內瑞拉詩人聽豫劇得到的更多，也許更深切，我們吸收了外來的詩歌，甚至不僅僅是詩歌，是整個世界，哪怕是帶偏見的世界，西方哲學、宗教、

歷史文化、思想觀念、寫作觀念等等。我個人認為後者比單一的詩歌影響還要關鍵，更是全方位的，或者說影響、改變了我們現今的生活以及我們看待世界和生活的方式。這也是我們與古人的不同之處，在其規模上、主動與被動性上都與前人不同。我們的所得帶來了深刻的變化，使新詩、當代詩的體貌均不同於古詩。我們與世界上其他地方的詩人對話已經有近百年的歷史，我們獲得了一種更新的能力，或者說是綜合的能力，但危機感也一直伴隨著新詩人。承認自己是個世界意義上的詩人比承認自己是個中國詩人負擔要小一些，因為世界性的詩人可以不具體承擔什麼，宇宙性的詩人更可以不承擔什麼，但你恰恰是中國詩人，這句話反過來說即是，你不是個中國詩人，那世界跟你也沒什麼關係。無論是放大還是縮小，最終是你想表達一種與眾不同的聲音，希望與別的聲音形成共鳴、和聲，並發生或長或短的影響。但文化認同與詩歌認同具有雙重性，內部認同是我們對中國古典詩人（情懷）的認同；外部認同則是對世界詩歌（方法、觀念）的認同；就目前來看，我們的外部認同（學習的過程）要大於內部認同。當然，這種狀況也可能時時都在發生著轉變，即內部與外部的翻轉，這就看一個詩人如何理解古今中外詩歌與他的關係，看他的綜合消化能力和創新能力了。

　　也許，漢語詩歌的原創力主要是看我們如何整合我上面所說的付出與得到的兩大資源，它們既矛盾又互為引申，融合為新漢語詩篇。如果你說這是分裂那也沒什麼，在一個詩人的身上它是有機的，而且構成了寫作的張力。除了這兩大資

源，我最為關心的是現代漢語（上述資源也都與它相關），它在一定的意義上決定了我寫作的命運，我只能用它寫作，或者說我被它所選擇。那麼時代、現實的因素就全部進來了，是現實要介入我們的詩歌寫作，是我們構成了這個意願的或事實的現實。現實的壓迫性也進來了，正如路易士·梅蘭德觀察到的那樣，「壓迫是自然的，自由是人為的。」「如果壓迫的現實不存在，我們甚至都不會有自由這個概念。」如果說自由是人為的，那抒情也是人為的，技藝上的，並不是那個混沌的自然性，否則詩人的自主性便無從可言。

我們使用的漢語或者語言使用的我們一直在相互辨認與確認，它要確認你是個語言的消費者、工具論者還是個詩人。如果你是個優異的詩人，並對漢語文化非常熟悉（它決定了你想像的邊界），它會同意你對它的語法、規範的更改與創新，它認同你是一個漢語詩人是看你做了些什麼。什麼是原創力？就是你把從來沒有的東西創造出來並賦予了它，而不僅僅是個普通意義上的語言使用者。這從一點來打量，我們做得也許還遠遠不夠。如果我們只是把日常生活中的用語拿來寫進詩裡，而不是讓詩的語言影響人們的生活，那麼詩人的寫作就遠遠落後於一種語言的實踐和社會性的要求。

另外，全球化、消費社會、大眾文化使我們意識到，現代語言的創新者或生產者是大眾，而不僅僅是詩人、藝術家。當然從語言功能、屬性和精神上，兩者的創造性可能有所不同。我們要認識到這種差異，向大眾語言的某些部分學習也是應該的，因此詩人的傲慢和獨斷應該早早放下。

值得注意的是這樣的假設：在全球化語境下，漢語詩歌將得到全世界，卻失去了自己的靈魂，我們又該怎麼辦？我想，這不是簡單地回到漢語詩歌的源頭和地方性，而從是重新認識這一源頭和地方性，給出我們全新的理解，從而獲得一種實踐的能力。我又想起很多年前，德國音樂家韋伯恩給我的啟示：在多變中不變，在對稱中不對稱，既永遠相同，又永遠不相同。這是對靈魂和技藝的雙重考驗。

　　在全球化的語境下，世界擴大了——在打量和思考的視野上；世界也變小了——在資訊的脈絡上猶如蛛網；但我安身立命的只有一個地方（漢語），就像菲力浦·拉金所說：「除了這裡，再沒有別處支撐我的存在。」

2014.5.23平頂山

（此文為《紅岩》雜誌
「全球化語境下中國詩歌的原創力」命題而作）

語言文學類　PG1357　中國當代詩典　第二輯06

面對群山而朗誦
——森子詩選

作　　者 / 森　子
主　　編 / 楊小濱
責任編輯 / 李冠慶
圖文排版 / 連婕妘
封面設計 / 蔡瑋筠

發 行 人 / 宋政坤
法律顧問 / 毛國樑　律師
出版發行 / 秀威資訊科技股份有限公司
　　　　　114台北市內湖區瑞光路76巷65號1樓
　　　　　電話：+886-2-2796-3638　傳真：+886-2-2796-1377
　　　　　http://www.showwe.com.tw
劃撥帳號 / 19563868　戶名：秀威資訊科技股份有限公司
　　　　　讀者服務信箱：service@showwe.com.tw
展售門市 / 國家書店（松江門市）
　　　　　104台北市中山區松江路209號1樓
　　　　　電話：+886-2-2518-0207　傳真：+886-2-2518-0778
網路訂購 / 秀威網路書店：http://www.bodbooks.com.tw
　　　　　國家網路書店：http://www.govbooks.com.tw

2015年10月　BOD一版
定價：290元
版權所有　翻印必究
本書如有缺頁、破損或裝訂錯誤，請寄回更換

國家圖書館出版品預行編目

面對群山而朗誦：森子詩選 / 森子著. -- 一版. --
　臺北市：秀威資訊科技, 2015.10
　　　面；　公分. -- (語言文學類；PG1357)(中國
當代詩典. 第二輯；6)
　BOD版
　ISBN 978-986-221-911-9(平裝)

851.487　　　　　　　　　　　104010928

讀者回函卡

感謝您購買本書，為提升服務品質，請填妥以下資料，將讀者回函卡直接寄回或傳真本公司，收到您的寶貴意見後，我們會收藏記錄及檢討，謝謝！
如您需要了解本公司最新出版書目、購書優惠或企劃活動，歡迎您上網查詢或下載相關資料：http:// www.showwe.com.tw

您購買的書名：_____

出生日期：_____年_____月_____日

學歷：□高中 (含) 以下　　□大專　　□研究所 (含) 以上

職業：□製造業　□金融業　□資訊業　□軍警　□傳播業　□自由業
　　　□服務業　□公務員　□教職　　□學生　□家管　　□其它_____

購書地點：□網路書店　□實體書店　□書展　□郵購　□贈閱　□其他

您從何得知本書的消息？

　□網路書店　□實體書店　□網路搜尋　□電子報　□書訊　□雜誌

　□傳播媒體　□親友推薦　□網站推薦　□部落格　□其他_____

您對本書的評價：(請填代號　1.非常滿意　2.滿意　3.尚可　4.再改進)

　封面設計____　版面編排____　內容____　文／譯筆____　價格____

讀完書後您覺得：

　□很有收穫　□有收穫　□收穫不多　□沒收穫

對我們的建議：_____

_____

_____

_____